Axel Schnell

Die Hauptstadt des Teufels

Eine Hannover-Apokalypse

Fantasy-Satire

Verlag
unibuch

Röse 21 · 31832 Springe
www.unibuchverlag.de

Umschlaggestaltung: Stefan Hilden, HildenDesign.de
Umschlagillustration: © HildenDesign unter Verwendung mehrerer Motive von Shutterstock.com
Satz: thielen VERLAGSBUERO · Hannover
Druck: Bookfactory – Der Verlagspartner GmbH · Bad Münder

ISBN 978-3-934900-18-9

Bibliografische Information der Deutschen Nationalbibliothek

Die Deutsche Nationalbibliothek verzeichnet diese Publikation in der Deutschen Nationalbibliografie; detaillierte bibliografische Daten sind im Internet über ‹http://dnb.d-nb.de› abrufbar.

»Das Böse weiß immer, was zu tun ist.
Das Gute weiß nur, wo es das Böse findet.«
Rhianna Pratchett

»Wenn das Böse hier Partys feiert, muss es
eine verdammt gute Putzfrau haben.«
Dean Winchester

»Nur die Paranoiden überleben.«
Andrew Grove

Axel Schnell

Die Hauptstadt des Teufels

Inhaltsverzeichnis

Tarot

»An Ihren Händen klebt Blut – **viel Blut**«, erklärte die rundliche Frau in Hannovers Nordstadt mit dem eindeutigen Hang zur Esoterik bedeutsam und fragte mit leicht zittriger Stimme. »Wie finden Sie das?« Der Mann, der sich jetzt Alexander Sturm nannte, spürte ganz deutlich so etwas wie einen Vorwurf, als sie das sagte. Aber es war ja nicht seine Idee gewesen, mittels Tarotkarten einen Blick auf seine früheren Leben zu werfen, an deren Existenz er ohnehin nicht glaubte. Wer sein jetziges Leben kannte, hätte sich nicht auch noch mit einem möglichen früheren Leben angelegt.

Aber er hatte der Kartenlegerin nicht davon abgeraten, einen Blick in seine frühere Leben zu werfen, denn er war bei ihr, weil er als Journalist eine Serie über Esoterik schrieb. Und wenn er als Profi unterwegs war, neigte er bestimmt nicht zu Anflügen von übermäßiger Fürsorglichkeit. Außerdem ging er auf der Jagd nach seinen Geschichten sehr massiv und gern auch überfallartig vor, was ihm in Kollegenkreisen den Spitznamen Sturm eingebracht hatte. Das hatte ihm so gut gefallen, dass er seine Artikel unter dem Pseudonym Alexander Sturm veröffentlichte. Im Laufe der Zeit hielten das die meisten für seinen wahren Namen – er auch.

Er versank ein wenig in allgemeine Betrachtungen zum Thema Moral, kam aber nicht so recht weiter und wurde schließlich durch den lauten Schrei einer Frau aus seinen Überlegungen gerissen. Jetzt hatte die Kartenlegerin wieder seine volle Aufmerksamkeit. Die übergewichtige Frau hatte sich von ihrem Platz erhoben, was ihm eine gute Sicht auf das Szenario bescherte. Ihr Körper zuckte, als wäre er im Zentrum eines Erdbebens gelandet.

Melodie und Rhythmus zu diesem seismischen Veitstanz lieferte eine ihm sehr vertraute höllische Musik von Flöten und Trommeln, die den Raum überflutete. »Nicht schon wieder«, dachte Sturm, aber dann lief doch erneut das volle Programm.

Sturm hörte äonenalte Stimmen mit scharfen, klickenden Lauten vom Rand seines Bewusstseins. Er hatte nie verstanden, was sie sagten, aber es klang ziemlich durchgeknallt. Er hörte Flammen prasseln und ganz in der Ferne Schreie. Manchmal klang es auch wie ein Erdbeben oder eine gigantische Flut in grauer Vorzeit. Es schien fast so, als hätte er ziemlich wahnsinnige Untermieter. Und was immer es war, es wandelte zu Recht nicht mehr über den Planeten. Er hatte sich schon ziemlich früh entschlossen, sich nicht weiter darum zu kümmern. Das schien ihm allemal besser zu sein, als diese Tür in das Reich des Irrsinns weit aufzustoßen.

Wenn er die Wahl hatte zwischen einem Leben im freundlichen Licht oder im ewigen Dunkel, nahm er das

Licht. Denn Sturm war sich ziemlich sicher, dass er diese dämonischen Musikanten nie kennenlernen wollte.

Die Kartenlegerin schien sich das nicht mehr aussuchen zu können. Sie gab nun selbst scharfe, klickende Laute von sich.

Ein Schauder lief Sturm über den Rücken, als er die Geräusche wiedererkannte. Dann glaubte er, ein Wort zu verstehen, dass sich heiser und rau aus dem Inferno der Klicklaute herausschälte. Es klang wie »Schlüssel«. In abyssus-schwarzen Schlieren tropfte eine ölige Flüssigkeit, die im auffälligen Kontrast zu ihren Augäpfeln stand, in denen nur noch das Weiße zu sehen war, aus dem Mund der tarotkundigen Frau. Tiefe Risse klafften in ihrer teigigen Haut, aus denen Geysire aus Blut sprudelten.

Schließlich schien ihr in mehrfacher Hinsicht der Saft auszugehen. Die Blutgeysire wurden zu Rinnsalen, sie erschlaffte und fiel nach vorn auf den Tisch mit den ausgelegten Karten. Der Tisch brach unter ihrem Gewicht zusammen. Die blutbesudelten Tarotkarten lagen auf ihr – drei zeigten mit dem Bild nach oben: der Tod, der Turm und der Teufel. Es war schon seltsam, dass es nur drei Karten waren, aber Sturm fand, dass das nicht sein Problem war. Eine wohltuende Ignoranz machte sich in ihm breit. Er hatte sich wieder voll im Griff. Zumal er in dieser Szenerie sowieso eher auf der Siegerseite stand.

Wenn er die Aussage der Kartenlegerin richtig verstanden hatte, klebte lediglich das Blut aus seinen früheren Leben an seinen Händen, was die Frau sich auch immer bei dieser Formulierung gedacht haben mochte.

Aber das war allemal besser, als sein jetziges Leben unter konvulsivischen Zuckungen zu beenden wie diese Kartenlegerin, während blutige Geysire aus dem eigenen Körper hervorbrachen. Das kam davon, wenn man zu neugierig war.

Der Anblick der Toten schlug Sturm nicht übermäßig auf den Magen, schließlich war er jahrelang Polizeireporter gewesen. Er hatte gesehen, was Menschen mit Äxten, Messern, Schusswaffen und bloßen Händen anrichten können. Dabei wurden die meisten Morde rasch aufgeklärt. Man braucht kein Sherlock Holmes zu sein, wenn der Ehemann mit der blutigen Axt neben der Leiche seiner Frau steht.

Ihn hatte dieser eklatante Mangel an Raffinesse jedes Mal enttäuscht. Schließlich waren durch Morde schon königliche Erbfolgen und das Schicksal von Staaten geregelt worden. Was konnte Shakespeare aus so einer Tötung machen und was machte das gemeine Volk, mit dem es Polizeireporter in der Regel zu tun hatten, daraus? Im Alltag steht eben nicht ein großartiger Macbeth, sondern ein unbedeutender Macblöd neben der Leiche. Sturm tat diese Verschleuderung von Potenzial weh. Schließlich war er von Haus aus Literaturwissenschaftler und kannte sich mit der dramaturgischen Umsetzung von Stoffen aus. Ein dilettantischer Umgang mit Morden war schlicht eine unverzeihliche Verschwendung von großen Möglichkeiten. Aber dafür gab es natürlich keine staatlich subventionierten Volkshochschulkurse ...

Der Einzige unter seinen ansonsten eher handfesten Kollegen, der sein Dilemma verstand, war der Nachrichtenchef, ein Opernfreund, an dem ein großer Feuilletonist verloren gegangen war. Wenn Sturm von einem dieser Mit-blutiger-Axt-neben-der-Leiche-der-eigenen-Frau-erwischt-Morde zurückkehrte, brauchte er nur zu sagen: »Das Volk spielt mal wieder Shakespeare – natürlich völlig unbegabt.« Dann seufzte der Nachrichtenchef tief und zog kummervoll die Augenbrauen nach oben. Für Alexander Sturm war das eine echte Hilfe.

Für die Kartenlegerin kam dagegen jede Hilfe zu spät. Das erkannte Sturm auch ohne medizinische Grundausbildung. Jetzt war er zwar mit einer Toten in einem Raum, aber dafür gab es eine einfache Lösung. Denn das Schöne an der arbeitsteiligen Gesellschaft ist, dass es passende Ansprechpartner auch für die nicht ganz alltäglichen Probleme gibt.

Er nahm das Handy aus seiner Hosentasche und wählte die 112. Sturm schaute aus dem Fenster und sah, wie ein Krankenwagen mit Blaulicht vor dem Haus der Kartenlegerin hielt. Er öffnete die Tür und ließ die Retter nebst Notarzt ein. Die Profis versuchten es erst gar nicht mit Wiederbelebung und verständigten die Polizei. Nur wenig später standen zwei Polizisten vor der Wohnung der Kartenlegerin. Sturm kannte sie beide.

»Was machst du denn hier?«, fragte der ältere der Beamten. »Ich dachte, du arbeitest nicht mehr als Polizeireporter.« Sturm trat beiseite und ließ sie ein. Kurz danach hörte er würgende Geräusche und sah, wie der jüngere Polizist Richtung Toilette stürzte. Er schaffte es nicht ganz und erbrach sich in den Flur.

»Was ist denn das für eine Schweinerei?«, rief sein fassungsloser Kollege. »Sturm, würdest du mal freundlicherweise herkommen?«

Er tat dem erfahrenen Beamten den Gefallen, hatte er ihn doch noch nie so fassungslos erlebt. Der Polizist war im Gespräch mit dem Notarzt.

»Ich kann mir das nicht erklären«, führte der Mediziner gerade aus. »Aber die Verletzungen der Frau sehen aus, als wäre sie von innen explodiert. Es wirkt nicht, als sei das ihr von außen zugefügt worden.«

»Wir nehmen dich trotzdem mit aufs Revier«, sagte der Polizist zu Sturm und verständigte die Spurensicherung. Sturm stieg in den Streifenwagen und bemerkte, dass der jüngere Beamte sehr bleich wirkte und säuerlich roch. Im Revier spannte der ältere Polizist ein Blatt Papier in die mechanische Schreibmaschine ein.

»Dann erzähl mal«, sagte er. Und Sturm erzählte, wobei er seine äonenalten Untermieter allerdings verschwieg. Der Beamte tippte die Aussage mit zwei Fingern in eine mechanische Schreibmaschine und schob Sturm dann das Papier zur Unterschrift über den Tisch.

»Frühere Leben, so ein Quatsch«, gab der Beamte seine Ansicht zu dem Thema kund.

»Ganz meine Meinung«, antwortete Sturm, »du siehst ja, wohin das führt.«

Danach durfte Sturm wieder gehen. Er hatte es eilig, weil er sich schon ziemlich sicher war, dass die

Geschichte, die er über diesen Vorfall schreiben würde, es in seiner Zeitung auf die Seite eins schaffen müsste.

Sturm fuhr zurück in die Redaktion und erzählte dem Nachrichtenchef die Story, wobei er seine äonenalten Untermieter auch diesmal nicht erwähnte.

»Das ist doch mal was«, freute sich Sturms Vorgesetzter. »Kartenlegen scheint ja wirklich gefährlich zu sein. Meinst du, Wesen aus einer anderen Dimension haben sie geholt? Ach, schau nicht so entsetzt, war doch nur ein Scherz.«

Schwarze Schlammflut

Als Sturm wie gewohnt am nächsten Morgen um elf Uhr in die Redaktion kam, hörte er, dass sein Artikel schon ziemliche Wirkung gezeigt hatte. Von Sarah Schlachter, der Sekretärin, erfuhr er, dass Paul Panizza, der Sektenbeauftragte der Evangelischen Kirche, sich schon mehrfach über ihn beschwert hatte, weil er mal wieder »der schwarzen Schlammflut des Okkulten Tür und Tor« geöffnet habe. Damit hatte er schon die gesamte Esoterikserie begleitet. Sturm hatte mit dem langbärtigen Mann mit den sanften Augen schon mehrfach gesprochen und mochte ihn irgendwie, auch wenn sein Wissen über den Teufel, Dämonen, Hexen und die Kunst der Schwarzen Magie klaffende Lücken aufwies. Der eher naive Theologe hätte es nicht bemerkt, wenn ganze Dämonenhorden direkt an ihm vorbeigezogen wären.

Neben dem Sektenbeauftragten hatten sich auch Pädagogen, Sozialarbeiter und besorgte Eltern gemeldet. Sie wollten sich entweder darüber beschweren, dass so etwas in der Zeitung steht, oder sich besorgt erkundigen, ob die Jugend der Stadt in Gefahr sei. Sturm konnte sie alle sehr gut verstehen.

Hannover gilt gemeinhin im Rest der Republik als so etwas wie die graue Maus unter den Großstädten und fristet ein eher unauffälliges Dasein. Die niedersächsische

Landeshauptstadt ist weder »arm, aber sexy« (Berlin) noch die »Hauptstadt mit Herz« (München) oder gar das »Tor zur Welt« (Hamburg). Wenn eine Stadt so unauffällig wie Hannover ist, wird sie zur idealen Drehscheibe für die Geschäfte der Unterwelt. In der bundesweiten Kriminalstatistik belegt Hannover regelmäßig einen Platz unter den Top Ten der gefährlichsten deutschen Großstädte. Bundesweit ist Hannovers Maschsee-Mafia immer wieder in die Schlagzeilen geraten, ein angeblicher Klüngel aus A-Klasse-Promis der Ober- und der Unterwelt, wobei die Grenzen hier offenbar nie wirklich trennscharf waren. Ein Stoff, der unter anderem auch für zwei Tatortfolgen im öffentlich-rechtlichen Fernsehen reichte. Doch das alles war nur die Oberfläche, in der Tiefe der Stadt zog eine viel ältere Unterwelt die Fäden. Aber als das klar wurde, war es natürlich längst zu spät. Dabei hatten viele das eindeutige Zeichen dafür die ganze Zeit über vor Augen gehabt.

Als Sturm die Redaktion verlassen wollte, winkte ihm die Dame vom Empfang zu.

»Für Sie ist etwas abgegeben worden«, sagte sie und gab Sturm einen Umschlag.

»Wissen Sie noch, von wem?«, wollte Sturm wissen.

»O ja, es waren zwei auffallend hübsche Frauen. Die eine hatte sehr lange blonde, die andere sehr lange schwarze Haare. Ich fand es eigenartig, dass die Blonde eine Sonnenbrille trug, die sie auch hier drin nicht abnahm.«

»Vielleicht hatte sie ja einen sehr guten Grund, ihre Augen zu verbergen«, dachte Sturm und ahnte noch nicht, wie richtig er mit dieser Vermutung lag.

Als er zu Hause angekommen war, öffnete Sturm den schweren braunen Umschlag. Er zog einen Stapel Seiten heraus, die offensichtlich mit einer Schreibmaschine getippt worden waren. Sturm kannte das dafür typische Schriftbild noch von früher. Auf dem Deckblatt des Manuskripts stand:

Georg zieht in den Krieg

Sturm fing an zu lesen.

Wenn Georg auf sein Leben zwischen »I hope I die before I get old« (The Who, My Generation) und »Too old to die young« (Brother Dege) zurückblickte, erkannte er, dass es irgendwie falsch zusammengeschraubt war.

Dabei war sein Leben durchaus noch als solches erkenntlich, aber es funktionierte nicht richtig.

Die Einzelteile stimmten, aber jemand hatte das Puzzle nicht sorgfältig genug zusammengesetzt. Einige Teile waren mit Gewalt in die Form gepresst, andere achtlos weggeworfen worden. Georg hätte gern gewusst, wer dieser Jemand war. Bestimmt hatte er selbst seinen Anteil an diesem Schlamassel. Das war ihm klar. Aber wer war für den Rest verantwortlich?

Im Laufe seines Lebens hatte er schon viele Antworten auf diese Fragen gehabt. Dieser Jemand war – je nach seinem jeweiligen Erkenntnisstand – der Gegenspieler des lieben Gottes, Gott selbst, das Böse, das Gute, die kapitalistische Gesellschaft, Alkohol, Drogen und immer wieder: die Frauen. Doch nach und nach waren ihm die Antworten ausgegangen und dieser Jemand immer weniger greifbar geworden. Das war der eigentliche Beginn seiner Midlife-Crisis. Dabei hatte alles so gut angefangen, und zwar genau 1970 mit einem Song von Grateful Dead. »Don't bogart that joint, my friend. Pass it over to me.« Georg hatte seine Kindheit in den 1950er und frühen 1960er Jahren verbracht. Alles sah nach einem langweiligen Leben, ohne geregelten und nennenswerten Sex vor der Ehe und schließlich einer Existenz als Familienvorstand und Ernährer aus.

Dann brach die Revolte über das bis dahin piefige Deutschland mit seinen festen Hierarchien und seinen gut versorgten Altnazis herein. Die Jugend spielte nicht mehr mit. Erst revoltierten die Studenten, dann die Schüler und auch die bis dahin eher ruhigen Bürger mischten bei Aufständen etwa gegen Fahrpreise mit. Es war eine Revolte gegen den drohenden Mangel an Spaß, gegen das Zuviel an Obrigkeit, gegen den Vietnamkrieg, gegen die Macht der alten NSDAP-Seilschaften und das große Vergessen.

Es war 1968, als Georg in Hannover erstmals mit in den Strudel der Ereignisse geriet. Damals war Georg noch Schüler an der Lutherschule und dort gab es eine sehr aktive Gruppe der Kommunistischen Partei Deutschlands/Marxisten-Leninisten (KPD/ML). Georg wurde für die Rote Garde rekrutiert, wunderte sich, als der KPD/ML-Gründer Ernst Aust gegen lange Haare sowie Rockmusik wetterte und stattdessen Samba als Musik der revolutionären südamerikanischen Völker als alternativlos ansah. Noch mehr wunderte sich Georg, als sich der Kader seiner Gruppe auf einem Kongress der Kommunistischen Partei Deutschlands/ Marxisten-Leninisten mittels Kritik und Selbstkritik für die Linksabweichung seiner Zelle verantworten musste.

Als besonders unnachgiebig und dogmatisch erwies sich dabei die kommunistische Zelle aus Sarstedt bei Hannover. Dass die Geschichte nicht immer ironiefrei ist, bewies die Tatsache, dass die KPD/ML-Gruppe aus Sarstedt von ihren Mitgliedern her exakt deckungsgleich mit der des früheren örtlichen Vicky-Leandros-Fanklubs war. Georgs Gruppe wurde dazu verdonnert, dass jedes Mitglied im Rahmen der Kritik und Selbstkritik, eine Stellungnahme zum Vorwurf der Linksabweichung verfassen musste - inklusive familiärer Herkunft wegen der Klassenfrage. Sie taten es, die Zentrale las die Blätter und schloss umgehend die gesamte Zelle Lutherschule wegen Linksabweichung aus der KPD/ML aus. Georgs Eltern hatten von der Politposse nichts mitbekommen, waren aber weiterhin energisch gegen seine langen Haare und die »Hottentottenmusik«, die er hörte.

Politisch entscheidender für Georg war das Jahr 1969 in Hannover. Damals hatten zunächst Studenten und Schüler gegen eine Fahrpreiserhöhung der örtlichen Verkehrsbetriebe der ÜSTRA um 33 Prozent protestiert.

Schnell erfasste der Protest auch andere Teile der Bevölkerung - Straßenbahnschienen wurden nicht nur blockiert, sondern auch zubetoniert. Vom 12. bis zum 19. Juni fuhren weder Straßenbahnen noch Busse. Den Transport der potenziellen Fahrgäste übernahmen kostenlos Autofahrer, die sich einen Roten Punkt an die Windschutzscheibe geklebt hatten. Unablässig rollten die Pkw an den zentralen Haltestellen der Verkehrsbetriebe vor, per Megafon wurden die Fahrziele ausgerufen. Das klappte hervorragend und sorgte bundesweit für Schlagzeilen.

Schließlich wurden die Erhöhungen zurückgenommen und stattdessen ein günstiger Einheitsfahrpreis eingeführt. Außerdem wurde die bis dahin private ÜSTRA ein kommunaler Betrieb. Georg hatte am Steintor auf den Schienen gesessen, das von den Demonstranten wegen der frei zugänglichen Pflastersteine auch Tor der Steine genannt wurde, und er hatte das großartige Gefühl einer gelungenen

Revolte niemals vergessen. Georg hatte danach noch an vielen Protestaktionen teilgenommen, aber keine war so erfolgreich gewesen wie die legendäre erste Rote-Punkt-Aktion von 1969 in Hannover, als es bundesweit hieß: »Seid nicht doofer, als die Leute von Hannover.«

Sturm hatte schon viel über diese Rote-Punkt-Aktion gehört und gelesen. Menschen, die dabei gewesen waren, zeigten sich auch noch Jahre tief davon beeindruckt und bewegt, dass die Bevölkerung einer Stadt sich gegen die Mächtigen durchgesetzt hatte.

Georg hatte ein Bewusstsein für die Erfordernisse der neuen Zeit entwickelt, war allerdings aktuell wieder kurz davor, das unter Mühen frisch geschlüpfte Bewusstsein gleich wieder zu verlieren. Das hing nicht zuletzt mit dem Thema zusammen, das Grateful Dead besangen. Die Rauchschwaden der Joints vernebelten nicht nur die Luft, sondern sorgten auch verlässlich dafür, dass es im Innern des Kopfes ganz ähnlich aussah.

Shit war aber nicht das einzige Problem: Als Billigtrips aus Ostberlin Westdeutschland überschwemmten, um den Klassenfeind zu schwächen, geriet – nicht nur bei Georg – zeitweise noch viel mehr durcheinander. Das LSD war erstklassig, aber nicht wirklich der geeignete Stoff, den wissenschaftlichen Sozialismus und damit die Weltrevolution voranzutreiben.

Wer auf diesen Wolken schwebte, die oft mit der rauschhaften Visualisierung amerikanischer Flaggen und dem inneren Abspulen selbstgeschnittener Szenen aus Disneyfilmen zu tun hatten oder sich sogar eine dauerhafte Psychose einfing, war für die Agitatoren auf eine ganz offensichtliche Art nicht mehr erreichbar.

In diesen Gefilden lieferte nicht die Internationale, sondern Jimi Hendrix die passende Kampfmusik. Jahre später – als 1989 die Mauer fiel – war sich Georg sicher, dass sich schon damals die Revolutionäre des real existierenden Sozialismus von der Revolution in den weiterentwickelten kapitalistischen Staaten verabschiedet hatten – und wahrscheinlich auch vom Sozialismus im eigenen Land. Zumal in der DDR und den Bruderstaaten die scheinbar ununterbrochene Zufuhr von harten Schnäpsen dem aufkeimenden Bewusstsein des neuen Menschen ebenfalls nicht zuträglich gewesen sein dürfte.

Das konnte Sturm ohne Probleme nachvollziehen. Im Westen »Sex and drugs and Rock 'n' Roll« und im Osten »Sex und Schnaps und Rock 'n' Roll«. Das Beste, die LSD-Trips von der Humboldt-Universität, ging natürlich mal wieder in den Westen. Um diese Erkenntnisse bereichert, wandte sich Sturm wieder dem Manuskript zu.

Open Air

1970 hatte Georg gerade sein Abi in der Tasche und als »Don't bogart that joint, my friend« erklang, wusste er noch nicht allzu viel von den Plänen und Nöten des real existierenden Sozialismus. Im Sommer 1970 saß Georg an einem Lagerfeuer bei einem dreitätigen Open-Air-Konzert in Aachen unter anderem mit Deep Purple und der Edgar Broughton Band, als ein Junge am Lagerfeuer den Song von Grateful Dead spielte, und stellte sich ganz andere Fragen wie:

»Was bedeutet eigentlich ›bogart‹?«

Obwohl er sehr leise fragte, hatte damals eine weibliche Stimme zu ihm am Lagerfeuer aus Nebel und Rauch gesprochen. Eine Stimme, die ihn in den Bann zog.

»Das bedeutet, die Zigarette wie Humphrey Bogart im Mundwinkel hängen und verglimmen zu lassen«, sagte sie.

Diese Stimme hatte er noch nie zuvor gehört, aber sie gefiel ihm augenblicklich. Sie klang magisch, nach Märchen und uralten Versprechen. Georg nahm einen tiefen Zug, was ihm endgültig den Mut gab, aufzustehen und sich um das Feuer herum auf den Weg zu dem Mädchen zu machen. Er konnte sie nicht verfehlen. Ihr langes blondes Haar führte ihn so sicher wie ein Leuchtturm zu ihr.

Als Georg vor ihr stand, wusste er, warum seit mehr als fünftausend Jahren Götter, Barkeeper und Psychiater Vollbeschäftigung haben. Sie hatte aus ihren 1,75 Metern etwas gemeißelt, das die Männer mit einer Mischung aus Gier und Angst und ihre Frauen mit purer Mordlust erfüllte. Für diesen Körper hätte Georg auch Troja platt gemacht.

Ihr langes blondes Haar schimmerte als Einladung zum Selbstmord im Schein des Feuers. Irgendwie kam sie Georg bekannt vor. Er blätterte in seiner inneren Kartei in der Rubrik untergegangene Reiche, geplünderte Tempel, verwesende Leichen und fette Geier, kam aber nicht so recht weiter und nutzte die die Gelegenheit für einen großzügigen Blick in ihren Ausschnitt auf die Hügel des trojanischen Finales.

»Hi, ich bin Georg«, sagte er und setzte sich schließlich neben sie. »Woher wusstest du das mit Bogart?«

Sie trug Stiefel, ein luftiges Sommerkleid und darüber eine offene Armyjacke. Dann schenkte sie ihm ein Lächeln, für das auch gläubige Christen augenblicklich in Richtung Hölle umgebucht hätten. In ihren Augen tanzten die Flammen des Feuers. Georg schien es so, dass sie auch noch darin leuchteten, als sie ihren Kopf vom Feuer abwandte.

»Ich bin eine Fee«, antwortete sie. »Ich weiß alles.«

»Mein Gott, ist die zugedröhnt«, dachte Georg, entschloss sich aber mitzuspielen und fragte: »Kennst du auch meine Zukunft?«

»Ganz speziell deine Zukunft. Ich bin nämlich deine Fee«, antwortete das blonde Mädchen. »Heute Nacht werden wir miteinander schlafen. Und obwohl wir für immer zusammenbleiben wollen, werden wir uns in der Morgendämmerung verlieren.«

»Dann sollten wir diese Nacht nutzen«, schlug Georg vor und die Fee nickte. »Wie heißt du eigentlich?«

»Sabira«, antwortete die blonde Schönheit und lächelte geheimnisvoll.

Als sie aufstanden, legte die junge Frau sich eine Decke um die Schulter und Georg umarmte sie. Er gab ihr ein mit LSD getränktes Löschblatt, das er von einem Jungen am Lagerfeuer bekommen hatte, und nahm selbst eins in den Mund. Dann verschwanden sie in der Dunkelheit und erfüllten die erste Prophezeiung der Fee mit Lust. Sie schliefen miteinander, wollten nicht mehr erwachen und erwachten doch. Es war die Zeit der Morgendämmerung und des Zwielichts, als er die Augen öffnete und den schlafenden goldenen Sturm neben sich sah.

Offenbar konnte man auf den Open-Air-Konzerten der 1970er Jahre noch Sex mit Feen haben. Das unterschied sie auf jeden Fall erheblich von den Open-Air-Konzerten der späten 1980er, auf denen Sturm als junger Mann gewesen war. Sturm überkam die schlimme Ahnung, dass er möglicherweise wirklich etwas verpasst hatte. Aber da ließ sich nun einmal nichts machen.

Tau glitzerte auf ihren Haaren wie ein feuchter Gruß aus einem Zauberreich. Zart küsste er ihren Nacken, als er die Frau bemerkte, die vor ihnen stand. Sie hatte sich ohne Geräusch genähert. Ihr langes schwarzes Haar fiel auf einen ebenso schwarzen Mantel, den sie offen trug. Im auffallenden Kontrast dazu standen ihre bleiche Haut und ihr roter Lippenstift. Der kurze Rock gewährte einen sehr großzügigen Blick auf ihre endlos langen Beine. Sie sah aus wie eine Vampirprinzessin, die von einer grausigen Jagd zurückkehrte – ein düsterer Engel, geboren aus Tod und Blut. Und genau das war sie auch.

Groteskerweise spürte Georg keine Furcht, als der Todesengel sich über ihn beugte. Das war wohl das LSD, dem er mit Sicherheit auch die folgende profane und dennoch philosophische Frage verdankte:

»Wer bist du?«

»Ich bin deine Fee«, sagte sie.

»Aber ich habe doch schon eine.«

»Nicht die richtige«, sagte die schwarze Prinzessin und zog einen silbernen Dolch aus einem ihrer schwarzen Stiefel. Die Waffe hatte eine gezackte Klinge und sah dadurch noch böser aus, als es gezogene Dolche ohnehin schon tun. Dafür passte er gut zu den Ringen mit Totenköpfen und Dämonenfratzen an ihrer Hand. Mit der fließenden Bewegung eines

Raubtiers schnitt sie Georgs blonder Schönheit die Kehle durch und trennte den Kopf vom Körper. Das Haar färbte sich rot, der blonde Sturm verwandelte sich in einen blutigen Brautschleier. Dann fasste die schwarze Prinzessin den Haarschopf und kam mit einem bösen Lächeln auf Georg zu. Vielleicht wirkt jedes Lächeln böse, wenn jemand einen blutigen Kopf in der einen und einen blutigen Dolch in der anderen Hand hält und - gut erkennbar - dahinter ein Rumpf in einer roten Lache liegt, der vorher zu dem Kopf gehörte.

»Ich hatte schon meinen Spaß«, sagte sie und warf ihre blutige Trophäe achtlos weg. »Jetzt werden wir zusammen Spaß haben.«

Sie sollte recht behalten. Georg hatte sich damit abgefunden, dass nicht die Realität, sondern die Drogen in seiner Blutbahn bei großen Teilen des augenblicklichen Films die Regie übernommen hatten.

»Offenbar ist Sex mit Feen aber auch nicht ganz unproblematisch«, dachte Sturm belustigt.

Wer würde schon während eines Open-Air-Konzerts einen so spektakulären Mord begehen, bei Tausenden potenzieller Zeugen ringsum. Und wenn das real gewesen wäre, wie hätte Georg dann mit der Mörderin seines Traums in blond so hingebungsvoll schlafen können?

»Weil wir gar nicht mehr in deiner Welt sind«, sagte die rätselhafte Schöne an seiner Seite. »Sieh dich um!«

Georg wandte sich von ihren dunklen Augen ab, die wie tiefe schwarze Seen wirkten, die noch schwärzere Geheimnisse bargen. Er sah eine sanfte grüne Hügellandschaft, aus der vereinzelt schroff schwarze Felsen ragten. Um die Felsspitzen tanzten rot-schwarze Schlieren unter einem rot-schwarzen Himmel. Der Himmel griff nach dem Land, doch es wehrte sich dagegen. Helle weiße Lichtstrahlen nahmen den Kampf gegen die öligen Schlieren auf, die eindrucksvoll bewiesen, dass nicht nur alles Gute von oben kommt. Wenn die Lichtstrahlen die rot-schwarzen Wolken an den Felsspitzen auslöschten, verwandelte sich der Stein in pures Weiß.

Georg war sich sicher: Das konnten nur die Drogen sein. Wahrscheinlich das Zeug auf dem kleinen Löschblatt, das er sich unter die Zunge geschoben hatte. Er hatte schon von Horrortrips gehört und dies hier schien einer ganz oben auf der Psychosenskala zu werden. Er entschloss sich, dass es besser wäre, diesem Gedanken nicht allzu viel Aufmerksamkeit zu widmen.

»Was geschieht hier?«, fragte Georg.

»Schön ist wüst, und wüst ist schön. Wirbelt durch Nebel und Wolkenhöhn!«, antwortete die Schwarzhaarige.

»Wer bist du?«, fragte Georg ohne wirkliche Hoffnung auf eine Antwort. Als er sie bekam, wünschte er sich, er hätte nie gefragt.

»Ich bin Morgana«, sagte sie. »Morgana von den glücklichen Inseln. Morgana von Andersland. Morgana von Avalon. Schwester und Geliebte des großen Königs Artus im Namen der alten Götter und selbst Göttin. Morgana die Verfluchte, Morgana die Erlöste und die Erlöserin. Die böse Hexe und die gute Fee.«

Georg war ein echter Fan der Artussage und hatte so ziemlich alles darüber gelesen, was es auf dem Markt gab. Dass Morgana eine Göttin war, hatte er noch nie gehört.

»Aber ja«, sagte die Schwarzhaarige. »Und wir führen einen Krieg, der schon viele Tausend Jahre dauert.«

»Wer seid ihr?«, wollte Georg wissen.

»Wir sind die, die einst eure Welt beherrschten. Wir waren Götter und wir schwanden dahin, als ihr Menschen den Glauben an uns verloren habt - und euer neuer Glauben an den Einen Gott verwandelte uns in Wesen der Unterwelt und dämonische Schatten unserer selbst.«

»Du siehst aber sehr gut und sehr real aus.«

»Du hättest mich früher einmal sehen sollen«, entgegnete Morgana.

»Und wer sind die anderen«, wollte Georg wissen, »gegen die ihr schon so lange Krieg führt?«

»Es sind Bestien. Wo sie gehen, siegt das Chaos. Ihre Wege sind die Pfade ins Nichts. Sie sind die Feinde allen Lebens. In ihrer Gier zerstören sie ganze Welten.«

»Du meintest die ganze Welt?«, fragte Georg, der das Gefühl hatte, in einen Abgrund zu blicken.

»Wenn ich das gemeint hätte, dann hätte ich das gesagt. Sie streifen durch das Weltall. Todesfeen und dunkle Götter aus dem Abyssus zwischen allen Welten wie Sabira«, erklärte Morgana. »Wir haben euch über Jahrtausende verteidigt, aber wir sind schwach geworden.«

»Wäre es nicht eigentlich die Aufgabe des neuen Gottes, jetzt das Universum vor diesen Wesen zu schützen? Er hat doch die Macht.«

»Gott ist verschwunden«, erklärte Morgana. »Wir haben keine Ahnung, wo er ist. Selbst unsere Engel-Maulwürfe finden ihn nicht. Außerdem ist dieser Krieg älter als Gott.«

»Nur zur Erinnerung: Du hast deine Feindin vor meinen Augen umgebracht, nicht sie dich. So schwach könnt ihr doch gar nicht sein.«

»Noch sind wir«, sagte Morgana.

»Aber nicht mehr lange«, klang eine Stimme aus dem Himmel, der mittlerweile aussah wie dreckiges Blut. Georg erkannte sie. Es war die Stimme, einer sehr schönen, sehr blonden und sehr toten Frau. Konnten abgetrennte Köpfe sprechen? Dann sank etwas rasch aus dem Himmel herab. Kurze Zeit später erkannte

Georg die schöne Tote – umtost und geschmeichelt von düsteren Schlieren, die den blonden Sturm liebkosten. Sie war wieder in einem Stück. Ihre Augen hatten die Farben des Feuers und der Hölle.

»Morgana«, fauchte sie. »Das hat wehgetan.«

»Hallo Sabira«, entgegnete Morgana. »Das sollte auch wehtun. Und außerdem: wie du mir, so ich dir. Eigentlich ein blöder Spruch, aber er passt hier.«

Sabira lächelte böse.

»War es dir schön warm auf dem Scheiterhaufen?«

»Ohne Kopf siehst du eindeutig besser aus«, trug Morgana ihren Teil zur Aufrechterhaltung der ziemlich gereizten Stimmung bei. »Das ist die einzige Schönheitsoperation, die bei dir wirklich etwas bringt.«

Georg war endgültig fest davon überzeugt, dass sich die Dinge in die falsche Richtung entwickelten. Das hier konnte nur in einem Blutbad enden. Und da er glaubte, das alles sei auf die Drogen zurückzuführen, die er genommen hatte, würde sich das Blutbad in ihm abspielen. Es war offensichtlich, dass hinterher nicht mehr genug von ihm übrig sein würde, um sich noch ernsthaft Gedanken über die weitere Lebensplanung zu machen. Die Sorgen sollten noch größer werden, als Sabira unvermittelt sagte:

»Die Großen Alten errichteten ihre blasphemische Herrschaft auf der Erde und verwüsteten sie. Bis die Älteren Götter die Abscheulichkeiten nicht mehr ertragen konnten und die Alten in die letzte Leere jenseits der Welten verbannten, in der das formlose Chaos herrscht. Mit ihrer Macht versiegelten die Älteren Götter das Tor, und alle Kraft der Alten konnte es nicht wieder öffnen. Du erinnerst dich, Morgana?«

Offenbar tat sie es, denn Morgana antwortete: »Aus den Tiefen der See erhob sich der abscheuliche Cthulhu und griff mit Gift tropfenden Klauen die Wächter der Älteren an. Doch mit mächtigen Zaubern banden sie den Furchtbaren, der gefangen in R'lyeh den Schlaf des Todes träumt, bis das Äon endet. Die Alten lauern jenseits des Tores in Dimensionen, die selbst der Tod nicht kennt. Wenn die Sterne richtig stehen, werden sie wiederkehren und über die Erde herrschen - wie schon einmal.«

»Es ist nicht tot, was ewig liegt, bis dass die Zeit den Tod besiegt«, ergänzte Sabira den Dialog, den sogar notorische Pessimisten gehasst hätten.

»Der faulige formlose Azathoth ist der Meister der Alten. Mit ihm warten sie im schwarzen Herz ihrer Ewigkeit, wo er gierig nagt in ultimativen Chaos. Tosend dröhnt der Takt verborgener Trommeln, erklingen das melodielose Pfeifen abscheulicher Flöten und das unaufhörliche Heulen der Idiotengötter, die im blinden Reigen auf ewig ziellos wandern und gestikulieren«, übernahm Morgana.

Sturm ließ das Blatt sinken und bemerkte, dass seine Hände zitterten. Das tosende Gedröhn der Trommeln und die abscheulichen Flöten hatte er schon mehr als einmal aus der Ferne in seinem Innern gehört. Jetzt hatte dieses Inferno einen furchtbaren Namen. Sturm spürte, wie eine kalte Hand nach seinem Herzen griff und sein Innerstes zerquetschte. Panik ergriff ihn, aber er wusste, dass er nicht fliehen konnte. Schließlich trug er den fauligen formlosen Azathoth und die blinden Idiotengötter in sich. Sturm fühlte, wie sich der Wahnsinn durch die von ihm errichteten Barrieren fraß und sein Ich im Chaos unterzugehen drohte. Er wehrte sich nicht dagegen, stürzte in das formlose Nichts, schwamm in seinen düsteren, endlos-wabernden Ozeanen und tauchte wieder auf, als er das Wort »Schlüssel« hörte. Sie hatten ihn wieder zurückgeschickt, warum auch immer.

»So sicher wie dem Tag die Nacht folgt, werden die Tage der Menschheit vergehen. Dann werden die Großen Alten wieder auf der Erde herrschen – und sie mit ihrer Fäulnis bis ins Mark verderben und beflecken«, sagte Morgana.

Georg sah einen gigantischen menschenähnlichen Körper mit dem Kopf eines Kraken. Statt eines Gesichts hatte das Wesen ein Gewirr von Tentakeln. Auf seinem Rücken entfalteten sich lange, schmale Flügel. Und er sah einen Thron im Zentrum des Universums. Auf ihm saß das blinde Chaos, das schon vor dem Beginn der Welten existierte. Ein irrsinniger, fauliger Wirbel aus rot-schwarzen Schlieren, eine immerwährende Explosion im Zentrum des infernalischen

Kreischens seiner abscheulichen Diener. Georg hatte diesem Schrecken nichts entgegenzusetzen, der jede Faser seiner Existenz im Sturm überrannte und vergiftete, ließ alle Hoffnung fahren und stürzte in das Zentrum der Explosion. Sabira sah Georg an und sprach Beschwörungsformeln in einer uralten Sprache, die direkt aus dem Abyssus zu kommen schien. Als sich der Spalt öffnete, in dem abgrundtiefe Finsternis waberte, trat sie hinein. Das Letzte, was Georg hörte, war der uralte Ruf: »Bringt Eure Toten her!« Dann wurde alles schwarz.

»Das war im Augenblick bestimmt die beste Lösung für Georg«, dachte Sturm. Georgs Gehirn hatte die Notbremse gezogen, bevor es ausbrannte, weil sein Eigentümer auf die Mutter aller Horrortrips gegangen war. Sturm widmete seine Aufmerksamkeit wieder dem Manuskript.

Viele Tausend Jahre zuvor waren Shangar und sein Stamm unter einer schmutzigen Sonne über schwarz verbrannte Ebenen gezogen. Am Himmel flatterten dunkle Vogelwolken, Aasfresser, die ein besonderes Interesse an der Karawane hatten. Denn der Stamm hatte seine Toten ausgegraben und in Karren mit auf die Reise genommen. Eine süßliche Wolke der Verwesung hing über dem Zug. Stinkende Berge toten Fleisches, umschwirrt von Fliegen, zernagt von Maden. Was nicht auf die Karren gepasst hatte, wurde hinten angebunden und mitgeschleift. Abgelöste Köpfe, Arme und Beine und Schlieren aus Verwesungssäften markierten die Spur des Zugs und lockten Raubtiere an. Wölfe mit blutigem Maul trabten satt und faul neben der Karawane her. Sie holten sich die Toten und die Lebenden.

Auch andere Stämme gruben ihre Toten aus und schlossen sich der Karawane aus Fäulnis und Tod an.

Sie endete erst im heutigen südpfälzischen Herxheim und vereinigte sich dort mit den Leichenzügen aus halb Europa. Die Leichen wurden von den Karren geladen und in schier endlosen Reihen nebeneinandergelegt. Auf einem Hügel beobachtete eine Frau im weißen Kleid aufmerksam die Szenerie. Sabira hatte die Karawanen aus Verwesung und Tod erwartet, von ihr war der mentale Ruf »Bringt eure Toten her« ausgegangen, dem sich die Stämme nicht entziehen konnten.

Ihr langes blondes Haar leuchtete unter der weißen Sonne. Noch eindrucksvoller waren ihre Augen, die in den Farben des Feuers und der Hölle erstrahlten. Auch das Wesen neben ihr hinterließ einen nachhaltigen Eindruck - es war ein Hüne mit einem muskulösen, tiefschwarzen menschlichen Körper und dem Kopf eines Schakals. In der rechten Hand hielt er einen langen goldenen Stab.

»Such dir deine Truppen aus, Anubis«, sagte die blonde Frau.

Der Hüne stieg langsam vom Hügel herab, trat zwischen die Reihen der Toten und musterte sie. Die er erwählte, berührte er mit dem goldenen Stab. Als sie sich erhoben, war ihre Haut ebenfalls tiefschwarz und sie trugen den Kopf des Schakals. Nachdem der altägyptische Gott der Toten seine Armee nach seinem Bild geschaffen hatte, kehrte er auf den Hügel zurück.

Dort beschwor Sabira – umtost und geschmeichelt von einem Himmel in den Farben des Feuers und der Hölle – die anderen Toten in der uralten Sprache des Abgrunds. Blaues Licht zuckte aus den Fingerspitzen ihrer erhobenen Hände und hüllte die noch auf dem Boden liegenden Leichen ein. Langsam bewegten sie sich, erhoben sich mühsam und wandten ihre leeren Augen dem Hügel zu. Auch die Schakalköpfe drehten sich in Richtung der Erhebung, auf der Anubis und Sabira standen und ihre Truppen musterten. Die Armee der lebenden Toten wartete auf ihre Befehle. Und die bekamen sie auch. Das Gemetzel begann damit, dass die Untoten die Lebenden töteten, die sie hierher gebracht hatten. Shangar wurde eines ihrer ersten Opfer und reihte sich danach, wie alle anderen Getöteten auch, in die gespenstische Armee ein.

Sturm hatte etwas über die Ausgrabungen in Herxheim gelesen. Die Archäologen versuchten noch immer, das Geheimnis »der reisenden Toten« zu ergründen, und das Rätsel der menschlichen Skelette, bei denen Hunde- statt Menschenköpfe gefunden wurden.

»Streifen wir über Land und suchen uns neue Rekruten«, sagte Sabira zu Anubis. Der schakalköpfige Gott nickte zustimmend. Und die Armee der Untoten ergoss sich über das Land. Von den Dörfern auf ihrem Weg blieben nur rauchende Trümmer, ihre ehemaligen Bewohner marschierten mit dem Heer, ihre toten Familien zogen im Tross hinterher. Die Kultur der Bandkeramiker, deren Händler vor mehr als siebentausend Jahren auf ihren Fernrouten schon die entlegensten Ecken der Welt bereist hatten, verschwand unter dem Marschtritt der Verwesung. Und schließlich verschwand auch die Armee der Untoten.

Georg erwachte.

NECRONOMICON

Hier endete das Manuskript. Was als Rückblick auf ein Leben und die Welt der späten 1960er und der folgenden 1970er Jahre begonnen hatte, war schließlich zu einer ziemlichen Geisterbahn auf dem Jahrmarkt des Wahnsinns geworden. Und hatte Sturm zu einer ganz persönlichen Fahrt in der Geisterbahn des eigenen Irrsinns verholfen.

Nicht zuletzt deswegen wollte Sturm jemandem den Text zeigen, der mehr von Mythologie verstand als er. Und er wusste auch schon wem. Der Mann hieß Blackwood, besaß diverse Doktortitel in eher entlegeneren Fachgebieten, hatte eine Habilitation über Exorzismus geschrieben und kannte sich bestens aus im Who is Who der Dämonen und der noch deutlich abgefahreneren Wesen. Außerdem war er Sturms bester (und einziger) Freund.

Als Sturm abends die Redaktion verließ, stieg er in sein Auto, fuhr durch die Dunkelheit zu Blackwood und dachte während der Fahrt an den Satz aus dem Manuskript: »Es ist nicht tot, was ewig liegt, bis dass die Zeit den Tod besiegt.« Was hatte dieser Satz zu bedeuten?

Jetzt war aber erst einmal die Frage, was Blackwood daraus machen würde. Sturm klingelte, als der Summer ertönte, öffnete er die Haustür und ging durch ein mit Marmor ausgelegtes Treppenhaus auf den Lift zu, der ihn in Blackwoods mehr als geräumiges Acht-Zimmer-Penthouse mit großen Glasflächen, Designermöbeln, Jacuzzi und Sauna bringen würde. Auf der mit Edelstahl umfassten Terrasse hatten sie schon so manchen entspannten Abend über den Dächern Hannovers verbracht. Als Blackwood die Tür zum Penthouse öffnete, musterte er Sturm mit seinem stechenden Blick, der immer bis auf den Grund der Seele zu gehen schien, um ihren Wert zu taxieren. Mittlerweile hatte Sturm sich zwar daran gewöhnt, konnte aber das Unbehagen nie ganz ablegen. Der groß gewachsene und schlanke Blackwood trug einen seiner karierten Lieblingsanzüge, die Sturm immer ein wenig an Sherlock Holmes erinnerten.

»Was willst du?«, wollte Blackwood aus der Höhe seiner fast zwei Meter herab wissen, da er offenbar entschlossen war, Sturm nicht in die Wohnung zu lassen.

»Ich habe ein Manuskript, in dem es um sehr seltsame Wesen geht, bei dem du mir helfen könntest«, entgegnete Sturm, der sich im Augenblick mit seinen 1,85 Metern ziemlich klein vorkam.

Nachdenklich betrachtete Blackwood seinen Freund und rieb sich dabei den Rücken seiner schmalen, markanten Nase.

»Ich bin gerade beschäftigt. Aber morgen Abend habe ich Zeit für dich. Lass das Manuskript hier«, schlug Blackwood vor.

Als Sturm ging, meinte er, aus der Wohnung ein Fauchen und das Geräusch von Krallen zu hören. Er vergaß aus Neugier alle Höflichkeit und legte sein Ohr an die Tür, um zu lauschen. Blackwood sagte etwas in einer alten Sprache, es hörte sich an wie Latein, worauf das Fauchen zwar nicht aufhörte, aber doch eher kummervoll klang.

Als Sturm am folgenden Tag abends bei Blackwood klingelte, bat der ihn herein – sogar gleich dreimal.

»Warum hast du das getan?«, fragte Sturm.

»Das ist so üblich, wenn man es mit dämonischen Kräften zu tun hat«, sagte Blackwood, lachte fröhlich und schlug Sturm auf die Schulter. »Nein, nimm das nicht so ernst. Das war natürlich ein Scherz.«

Sie gingen in Blackwoods Arbeitszimmer. Der setzte sich hinter seinen Schreibtisch, auf dem alte, aufgeschlagene Bücher lagen und Sturm nahm in einem bequemen gepolsterten Stuhl mit Armlehnen vor dem Tisch Platz.

Dabei tat er so, als hätte er den großen, abgedeckten Vogelkäfig nicht bemerkt, der als neuer Einrichtungsgegenstand in einer Ecke stand, und er tat auch so, als hätte er das kummervolle Fauchen und das Geräusch von Krallen nicht registriert, das eindeutig aus dem Käfig kam.

»Wo hast du das her?«, fragte er und deutete auf das Manuskript.

»Wurde einfach für mich am Empfang abgegeben«, antwortete Sturm.

»Weißt du, wer Cthulhu und Azathoth sind?«, prüfte er Sturms Wissen.

»Nicht so genau«, entgegnete der. Er hatte den Eindruck, dass das kummervolle Fauchen aus dem Käfig in diesem Augenblick noch viel kummervoller klang.

Blackwood lehnte sich nach vorn, führte die Fingerspitzen aneinander und musterte Sturm. Dann machte er eine ausladende Geste mit beiden Händen, als wollte er das Universum umspannen und in den Griff kriegen.

»Cthulhu kommt aus einer anderen Welt. Vor Hunderten Millionen von Jahren landeten das gottähnliche Wesen und sein Sternengezücht auf der Erde. Das war der Beginn einer Schreckensherrschaft. Doch die Älteren Götter unter Nodens, dem Herrn des Abgrunds, bekämpften die finstere Tyrannei Cthulhus und der anderen Großen Alten erfolgreich. Durch einen Fluch versank Cthulhu mit der Stadt R'lyeh im heutigen Pazifischen Ozean.«

Er machte eine kurze Pause und dozierte dann mit dem arroganten Lächeln desjenigen weiter, der einen enormen Wissensvorsprung vor seinen Mitmenschen hatte und ihnen das auch gern zeigte.

»Die geografische Lage ist 47° 9' südlicher Breite und 126° 43' westlicher Länge, nahe am Point Nemo. Dort liegt er in todesähnlichem Schlaf gefangen, bis die Sterne richtig stehen, er erwacht und das Leben auf der Erde vernichtet. Er hat übrigens den Körper eines Menschen, den Kopf eines Kraken, sein Gesicht ist ein Gewirr von Tentakeln, und er hat lange, schmale Flügel.«

»Lass mich raten«, sagte Sturm, »die immerwährende Explosion ist Azathoth.«

»Genau. Das irrsinnige, absolute Chaos. Der Text, in dem Cthulhu und Azathoth im Manuskript auftauchen, stammt aus dem Necronomicon, dem ›Abbild des Gesetzes der Toten‹ oder auch dem ›Buch der Toten Namen‹. Als legendärer Autor wird der wahnsinnige Araber Abdul Alhazred genannt, der das Al Azif schrieb, das später in der griechischen Übersetzung unter dem Namen Necromonicon bekannt wurde. Das Originalbuch wurde angeblich mit Menschenblut geschrieben und in Menschenhaut gebunden. Es ist gefüllt mit Beschwörungsformeln und Texten, von denen der Teufel Abstand nehmen würde, und es übrigens auch getan hat.«

»Ist das alles zu diesem Krieg und den Großen Alten?«, wollte Sturm wissen.

Nein, sagte Blackwood und schob Sturm sein Exemplar des Necronomicons rüber, das auf seinem Schreibtisch lag. Ein massiver schwarzer Einband mit goldener Schrift. Sturm öffnete die markierte Stelle im Buch und las.

Die Großen Alten beschritten die Pfade der Finsternis und ihre Blasphemien besudelten die Welt. Und die Älteren Götter erkannten die Schlechtigkeit der Alten und sahen, wie sie mit ihren Gräueln die Erde verwüsteten. Zorn ergriff die Älteren Götter und sie fegten die Großen Alten vom Antlitz der Erde und verbannten sie in den Abgrund, in dem das Chaos regiert. Und die Älteren Götter versiegelten das Tor, gegen das sich die Alten heulend warfen, um es aufzusprengen. Doch sie konnten das Siegel nicht brechen.

Cthulhu erhob sich in seiner ganzen abscheulichen Größe aus dem Meer und stürzte sich in rasendem Zorn auf die Wächter der Erde. Mit mächtigen Formeln bannten sie den Rasenden in die zyklonische Stadt R'lyeh. Dort träumt Cthulhu den Traum des Todes bis das Äon endet.

An den Orten zwischen den Welten jenseits des Tores warten die Großen Alten auf ihre Wiederkehr. Ihr Gebieter ist der formlose und verdorbene Azathoth. Gierig nagt er im ultimativen Chaos im schwarzen Zentrum der Unendlichkeit, wo im infernalischen Lärm von verrückt schlagenden Trommeln und dem melodielosen Pfeifen von abscheulichen Flöten blinde Idiotengötter brüllen und für immer ohne Ziel gestikulieren und umherwatscheln.

Den Inhalt kannte Sturm schon aus dem Georg-Manuskript, aber dieser Text gab dramaturgisch eindeutig noch mehr her.

»Ich habe hier und da ein wenig Hand im Buch angelegt«, verriet ein gut gelaunter Blackwood. »Das muss so vor siebenhundert Jahren gewesen sein.«

Sturm hakte diese Aussage unter der Rubrik »verschrobener Privatgelehrter« ab und ließ das Buch sinken.

»Dafür hast du dich ganz gut gehalten.«

»Ja, nicht wahr?«, erwiderte Blackwood. »Azathoth ist der älteste Gott, das primordiale Chaos, das schon vor Werdung des Universums da war. Im Necronomicon steht auch, dass die Menschen aus dem Blut der Großen Alten erschaffen wurden und deshalb den Samen des Aufstands gegen die Älteren Götter in sich tragen.«

Vor seinem inneren Auge sah Sturm, wie der rotschwarze Lebenssaft der Großen Alten in die Wurzeln des Stammbaums der Menschheit einsickerte. Dann hörte er wieder Blackwoods Stimme.

»Demnach haben Menschen die Macht, das Tor zu öffnen, durch das die Großen Alten in die Welt zurückkehren. Der Mensch ist der Schlüssel, auch zu Cthulhu, der, salopp gesprochen, in Einzelhaft genommen wurde und zusätzlich befreit werden muss.«

»Was wurde aus Abdul Alhazred?«, wollte Sturm wissen.

»Nach Augenzeugenberichten soll Abdul Alhazred 738 nach Christus von einem namenlosen Schrecken verschlungen worden sein. Aber es gibt auch noch eine andere Theorie dazu, wer wirklich Autor des Buches war«, erklärte der drahtige Privatdozent.

»Welche?«

Blackwood beugte sich mit verschwörerischer Miene vor und sagte in gedämpften Ton: »Danach soll der US-amerikanische Horrorautor H. P. Lovecraft das Necronomicon Anfang des 20. Jahrhunderts selbst geschrieben und seine Entstehungsgeschichte gefälscht haben. Auf dieser Grundlage schuf er dann seinen Cthulhu-Mythos. Und er hatte dem Buch zusätzlich eine lange Wirkungsgeschichte gegeben. Angeblich wurde es durch die Jahrhunderte hindurch immer wieder in andere Sprachen übersetzt. Gefunden wurde allerdings nie ein Exemplar.«

»Wäre doch ein genialer PR-Trick«, befand Sturm.

»Zu dieser These würde auch passen, dass Lovecraft als Kind gern für sich das Pseudonym Abdul Alhazred benutzt hat, weil er orientalische Märchen so liebte. Ich habe allerdings eine andere Theorie. Abdul Alhazred wurde tatsächlich im Jahr 738 von einem namenlosen Schrecken verschlungen und tauchte 1890 als H. P. Lovecraft wieder auf«, erklärte Blackwood und war dabei sichtlich erfreut. »Und weißt du, was ich noch glaube?«

»Nein.«

»Abdul Alhazred/Lovecraft war der Schlüssel zum Tor«, sagte Blackwood mit dem Triumph des großen Entdeckers.

»Ich dachte, das ist die Menschheit im Allgemeinen.«

»Nein, es ist immer nur einer. Und es heißt, man erkennt ihn daran, dass er das Gedröhne der Trommeln und das Pfeifen abscheulicher Flöten aus der Entourage von Azathoth hören kann.«

»Jetzt hat er mich gleich erwischt«, dachte Sturm und machte sich augenblicklich Sorgen um seine Zukunft.

In diesem Augenblick hätte man die berühmte Stecknadel fallen hören können. Was Sturm stattdessen hörte, war ein Geräusch aus dem Käfig in der Ecke, als wäre sein Insasse von der Stange gefallen.

»Der ist tot«, sagte Blackwood ohne jegliches Bedauern in der Stimme. »Die halten wirklich nicht viel aus. Da reicht schon ein Gespräch über die Großen Alten und den Schlüssel, mit dem man sie befreien kann.«

»Was war es denn für ein Wesen in deinem Käfig?«, wollte Sturm wissen.

»Ein Dämon. Nicht besonders ranghoch. Die sind sehr schreckhaft. Ich dachte, ich könnte ihn zähmen.«

»Wird ihn denn niemand vermissen?«

»Den bestimmt nicht«, antwortete Blackwood, öffnete den Humidor auf seinem Schreibtisch, entnahm eine Cohiba und bot auch Sturm eine an. Sie rauchten genüsslich, es war ein Bild des Friedens, das nicht lange eines blieb. Denn irgendjemand vermisste den Dämon doch.

Eine Frau im weißen Kleid mit langen blonden Haaren erschien aus dem Nichts in Blackwoods sehr geräumigem Arbeitszimmer. Sie hätte ein Engel sein können, wären da nicht ihre Augen gewesen. Die erstrahlten in den Farben des Feuers und der Hölle.

»Sabira«, fragte ein fröhlicher Blackwood. »Was bringt dich hierher?«

»Du hast mein Haustier«, sagte Sabira. »Und gerade werde ich das Gefühl nicht los, dass es nicht mehr lebt.«

»Tut mir leid«, entgegnete Blackwood und verschwand hinter einer Rauchwolke. »Aber es war auch wirklich sehr empfindlich.«

»Was habt ihr getan?«, fragte sie und musterte Blackwood sowie Sturm zornig. Dann stutzte sie, sah Sturm genauer und sagte: »Moment mal. Dich kenne ich doch.«

Sturm zuckte mit den Schultern und versuchte, so unverfänglich wie möglich größte Ratlosigkeit anzudeuten, was gar nicht gut ankam.

»Natürlich«, fauchte sie. »Du bist es und jetzt willst du nichts mehr von mir wissen. Das ist doch mal wieder typisch für euch.«

In diesem Augenblick erschien eine Frau mit langem schwarzen Haar aus dem Nichts, die wirkte wie eine Vampirprinzessin, die von einer grausigen Jagd zurückkehrte – ein düsterer Engel, geboren aus Blut und Tod.

»Du störst«, sagte sie zu Sabira.

»Wen?«, fragte sie.

»Mich.«

In der Hand der Vampirprinzessin erschien ein silberner Dolch mit gezackter Klinge, mit dem sie sofort auf Sabira losging. Die beiden Frauen verschwanden kämpfend.

Sturm bemerkte, dass auf Blackwoods Schreibtisch ein genaues Abbild der Waffe lag.

»Mann, haben die ein Temperament«, freute sich Blackwood.

»Morgana aus dem Georg-Manuskript. Ich hätte nicht gedacht, dass Figuren aus einem literarischen Manuskript so lebendig werden können.«

»Sie sind alle lebendig«, entgegnete Blackwood, strich sich durch sein pechschwarzes Haar und musterte Sturm mit seinen grünen Augen. Der hatte einmal gelesen, dass im alten England grün die Farbe der Huren war. Bei Blackwood war das Grün wahrscheinlich nur der Ausdruck der Giftküche Welt, zu der er mit Sicherheit einiges beigetragen hatte. Das hatte Sturm auch getan. Er hatte ebenfalls grüne Augen, was ganz gut zu seinem Beruf passte, wie er fand.

»Sind Cthulhu und Azathoth auch lebendig?«, wollte Sturm wissen.

»Lebendig trifft es nicht ganz. Sagen wir, sie existieren.«

Das war eine Antwort, die Sturm bestimmt nicht hören wollte. Gleichzeitig wurde er den Eindruck nicht los, dass es in Blackwoods Dämonenmasken-geschmücktem Arbeitszimmer kälter geworden war. Sturm hatte einmal gelesen, dass solche Kälte auf die Anwesenheit des Teufels hindeutete, aber der war jetzt bestimmt nicht das Problem, wenn man es mit dem Urbösen der Cthulhu- und Azathoth-Klasse zu tun hatte. Wesen, die den Menschen absolut fremd waren, und die sie mit Freuden in einen Abgrund ohne Wiederkehr reißen würden, während der Teufel und seine Dämonen dann doch irgendwie alte Bekannte waren. Und es gab noch ein Problem für Sturm:

»Sabira schien mich zu kennen, aber ich habe sie noch nie gesehen.«

»Bei Wesen wie Sabira weiß man nie, ob sie einem nicht schon einmal über den Weg gelaufen sind. Es muss ja nicht in dieser Zeit gewesen sein und auch nicht in dieser Welt«, erklärte Blackwood und bot Sturm einen fünfzig Jahre alten Macallan Single Malt an. Der hatte dieses edle Getränk bisher nur im Film gesehen als Lieblingswhisky von James Bond.

»Weiches Quellwasser ist bekanntlich gut, weil der Whisky seine geschmacklichen Nuancen entfalten kann, wenn man es hinzugibt«, erklärte Blackwood, der die Gelegenheit zum Dozieren natürlich nicht ungenutzt verstreichen lassen konnte. »Ideal ist dazu dasselbe Wasser, das in der Destillerie bei der Malt-Herstellung genutzt wurde. Selbstverständlich steht genau das in der Karaffe vor dir.«

»Sabira scheint kein wirklich nettes Wesen zu sein«, bemerkte Sturm, den im Augenblick andere Dinge beschäftigten – außerdem war ihm die Wasserfrage beim Single Malt schon immer eher gleichgültig gewesen.

»Nein, das ist sie ganz bestimmt nicht«, antwortete Blackwood. »Sabira ist übrigens arabisch und bedeutet so viel wie geduldig.«

»Und ist sie geduldig?«

»Ja, wie jedes Raubtier, das auf der Jagd ist«, bemerkte Blackwood.

»Was ist mit dieser Armee der Untoten aus dem Georg-Manuskript? Wo ist die?«, wollte Sturm wissen.

»Ich habe keine Ahnung«, antwortete Blackwood, den seine Unkenntnis sichtlich Unmut bereitete. »Sabira und Anubis halten das für einen gelungenen Scherz. Richtig ernst wird es aber erst, wenn Sabira noch mehr alte Weggefährten hinzubittet. Dann wird es sehr eng für diese Welt.«

»Du sagtest *noch mehr* alte Weggefährten ...«

»Richtig. Denn das war nicht Anubis, sondern ›Der Schwarze Pharao‹, eine der neunhundertneunundneunzig Masken des Nyarlathotep, dem kriechenden Chaos«, erklärte Blackwood.

»Und warum spaziert der so frei herum?«

»Nyarlathotep ist der Bote der Äußeren Götter, echter Götter im Gegensatz zu den Großen Alten, die gottähnliche Außerirdische sind.« Blackwood hatte eindeutig seine Kennermiene aufgesetzt. »Die Äußeren Götter sind machtvolle Wesenheiten, die das Universum beherrschen, und der mächtigste Äußere Gott ist Azathoth. Anders als die Großen Alten kommen diese völlig geistlosen Götter bisher nicht zur Erde und interessieren sich nicht für die Menschen. Das ist auch besser so, denn alles, was sie interessiert, vernichten sie. Nyarlathotep taucht dagegen überall auf. Er ist nicht nur der Bote der Äußeren Götter, sondern auch ihr Herz, ihr Geist und ihre Seele.«

Sturm bat um einen weiteren Macallan, zog genüsslich an der Cohiba und dachte nach. Dabei war er sich ziemlich schnell sicher, dass das jetzt ein geeigneter Moment war, um schon einmal an eine solide Panik zu denken.

»Du brauchst dir keine Sorgen zu machen«, behauptete ein sichtlich entspannter Blackwood. »Noch halten Morgana und ihre Mitkämpfer das auf. Wenn allerdings Sabira den Schlüssel zum Tor findet, hinter dem die Großen Alten warten, wird es sehr eng.«

Gut, dass Sturms Hände in diesem Augenblick auf der Armlehne von Blackwoods bequemen Stuhl lagen, sonst hätte dieser bemerkt, dass sie zitterten. Zur Ablenkung ließ Sturm seinen Blick durch das Arbeitszimmer seines Freundes schweifen. Ringsum standen okkulte Bücher in Regalen, sein Freund thronte auf einem ausladenden Sitz hinter dem riesigen Schreibtisch aus Eschenholz.

»Das ist ein Stück des Weltenbaums Yggdrasil«, hatte Blackwood einmal gescherzt. »Hat mir mein Freund Odin geschenkt.«

Sturm hatte damals nur gedacht »Noch so ein blöder Blackwood-Witz«, und nicht weiter darauf reagiert.

»Wo wir schon von Göttern reden: Warum unternimmt der Eine Gott eigentlich nichts? Ist er wirklich verschwunden, wie es in dem Georg-Manuskript steht?«, fragte Sturm Blackwood.

»Wer weiß«, antwortete der. »Vielleicht ist das einfach wirklich nicht Sein Krieg, aber ganz bestimmt ist das hier nicht Seine Stadt.«

»Wie meinst du das?«

Blackwood stippte das Mundstück seiner Zigarre in den Single Malt und zog genüsslich daran. Erst dann sagte er: »Du wirst schon sehen.«

Sturm wusste, dass das für heute alles war. Als er schließlich Blackwood verließ und in sein Auto stieg, war er ziemlich aufgewühlt. Im Manuskript hatte die Wahrheit gestanden, was spätestens durch den Auftritt von Sabira und Morgana bei Blackwood klar wurde. Wenn es die beiden gab, mussten auch die Wesen existieren, für die das menschliche Leben nur ein Spielball in einem grauenhaften Spiel war. Die Teams von Sabira und Morgana waren bekannt, aber wo war Blackwood unter Vertrag? Sturm wusste, dass er diese Frage heute Nacht nicht mehr lösen wurde, und fuhr nach Hause.

Dort suchte er nach Ablenkung und entdeckte ein Interview, abgeheftet in einem Aktenordner mit dem Vermerk Teufel etc., das der Schriftsteller und DDR-Dissident Stefan Schütz 1990 in seinem Arbeitszimmer in Hannover am Weißekreuzplatz mit Blick auf ein Stück Berliner Mauer, dass als Mahnung dort stand, anlässlich Hannovers bevorstehender 750-Jahr-Feier gegeben hatte. In der DDR hatte Heiner Müller ihn zum Schreiben angeregt, im Westen hatte er 1985 den Döblin-Preis für seinen Roman »Medusa« erhalten. Schütz schrieb aus Prinzip auf einer mechanischen Schreibmaschine und betrachtete gern – permanent eingehüllt in Zigarillorauch – das kleine Stück Mauer und die deutlich größere Säuferszene, die sich auf dem grünen Rasen unter seinem Fenster breitmachte.

Schütz verließ sein Arbeitszimmer nur ungern und tauchte lieber in seine Fantasiewelten ab, als einen Schritt in die reale Welt zu setzen, was ihm auf Dauer die vornehme Blässe eines jahrhundertealten Vampirs eingebracht hatte.

Kekse und Totenschädel

Herr Schütz, was veranlasste Sie, 1980 die DDR zu verlassen und in den Westen zu gehen?

Ende der siebziger Jahre traf ich auf einem Spaziergang am Prenzlauer Berg James Joyce. Ich war natürlich sehr erstaunt über diese Begegnung, weil ihm zuvor wiederholt die Einreise in die DDR verweigert worden war. Der Tote machte nicht viel Federlesens mit mir und sagte mir auf den Kopf zu, dass es jetzt an der Zeit sei, mit ihm zusammen auf die andere Seite zu gehen, wenn es mir denn Ernst sei mit der Kunst. Ich plagte mich zu dieser Zeit mit einer Prosa, die mir nicht so recht gelingen wollte. Da ich schon immer ein gehorsamer Sohn der Toten war, was wohl an meiner DDR-Erziehung liegt, folgte ich also Joyce auf die andere Seite und schrieb meine erste Prosa »Medusa«.

Ein Toter verführte Sie zur Republikflucht. Ist das nicht sehr ungewöhnlich?

Nein, für mich ist das nicht sehr ungewöhnlich. Erstens bin ich lieber in guter Gesellschaft als in schlechter, und James Joyce ist wirklich ein angenehmer Gesellschafter, und zweitens habe ich nicht diese Vorurteile wie die Menschen im Westen, was den Verkehr mit den Toten betrifft. Für einen DDR-Bürger war es ganz normal, mit den Toten zu wachsen. Immer wurde uns ein Toter als leuchtendes Vorbild hingestellt, an dem sich die Lebenden ein Beispiel nehmen sollten. Die SED betrieb ja einen ganz massiven Totenkult. Wir waren doch jahrelang mit den großen Toten der Arbeiterbewegung zusammen eingemauert, und irgendwann waren wir eben alle Gespenster. Für mich persönlich war es natürlich ein großes Glück, dass sich ein frei vagabundierender und so gesunder Toter wie Joyce für mich blasses Gespenst interessierte. Später fand ich dann heraus, dass hinter dieser Begegnung ein Geheimdienst stand.

Ihre neue Prosa, »Der Vierte Dienst« legt den Verdacht einer Aktion des Arkadischen Sicherheitsdienstes (ASD) nahe, der den Aufstand der Toten gegen die Lebenden organisiert.

Ja, ja, James Joyce war ein illegaler Grenzgänger mit ASD-Lizenz. Natürlich musste auch ich mich erst mit dem Gedanken vertraut machen, dass im Totenreich ein Geheimdienst existiert, obwohl doch eigentlich klar sein dürfte, dass die Toten nicht alle Angewohnheiten der Lebenden ablegen können. Und zu den festen Angewohnheiten der Lebenden gehört erwiesenermaßen die Gründung von Geheimdiensten.

Warum wollen die Toten eigentlich unbedingt die Macht übernehmen? Die üblichen materiellen Motive scheiden doch wohl aus.

Das hat zunächst einmal einen ganz einfachen

Grund. Seit einer geraumen Zeit weigert sich Europa, und das schließt natürlich die europäische Monsterfiliale USA ein, mit den Toten zu kommunizieren. Wenn die frisch gestorbenen Europäer, die den Tod zeitlebens verdrängen, auf die andere Seite treten, sind sie natürlich gänzlich unvorbereitet und lächerlich kindisch. Das bringt ein erhebliches Moment der Unruhe mit sich. Deswegen führte der ASD Vorbereitungskurse auf das Totsein durch, in denen die Europäer quasi erst einmal ihre Hausaufgaben machen mussten, bevor sie auf die anderen Toten losgelassen wurden. Das ging dann eine ganze Weile gut.

Ihre Prosa erweckt den Eindruck, als wären die Lebenden zumindest schon fast drüben. Scheintote in Wohnungsgräbern und Autosärgen. Mehr tot als lebendig.

Ja, ja, das gehört quasi zur Serviceleistung des ASD. Wenn wir ihnen Probleme mit Toten im katastrophischen Ausmaß bereiten, revanchieren sie sich eben damit, dass das Leben immer katastrophaler wird. Aber das ist eben die Spielregel. Die Toten werden seltsam lebendig, wenn die Lebenden seltsam tot sind.

Ist die Lage nur ernst, oder schon hoffnungslos?

Die Lage ist selbstverständlich absolut hoffnungslos, aber das ist ja gerade das Schöne daran. Die Katastrophe findet statt, und wenn wir gut sind, sind wir ihr Vollstrecker. Das klingt sicher nicht sehr moralisch, aber Katastrophen haben ja auch wenig mit Moral zu tun.

In Ihrer Prosa denken Sie daran, die Katastrophen als Energiequellen auszunutzen.

Ja, aber ich bin nicht der Einzige, der daran denkt. Da ist zum Beispiel der Franzose Jean Baudrillard, der einen ähnlichen Versuch im Bereich der Wissenschaft unternimmt wie ich im literarischen Bereich. Einige Utopisten, die immer noch glauben, dass die Hoffnung die Nabelschnur zu einer besseren Welt sei, halten ihn für einen Zyniker. Ich persönlich halte ihn für einen lebenslustigen Menschen, der sein Feuer mit jedem Holz macht. Ich habe jedenfalls den Versuch unternommen, aus der allgemeinen Katastrophe, die stattfindet und die sich auch in mir vollzieht, der ich ja zwangsläufig daran teilhabe, ein lustiges Feuerchen zu schüren. Das Ergebnis ist »Der Vierte Dienst«.

Herr Schütz, ließe sich Ihr Standpunkt vielleicht als Hölle mit Humor bezeichnen?

Die Hölle ist meine gute Stube. Warum sollte es denn in meiner guten Stube nicht lustig zugehen? Es ist doch nur ein christliches Vorurteil, dass die Hölle ein düsterer Ort ist. In Wirklichkeit ist sie ein Ort voller Leben, in der die ungewöhnlichsten Dinge geschehen und es zu den ungewöhnlichsten Kombinationen kommt. Die Hölle ist der Ort, an dem alles möglich ist.

Das klingt aber nicht sehr christlich.

Das können Sie vom Teufel auch nicht verlangen.

Sie sind der Teufel?

Ich bin der Teufel. Aber natürlich ganz jenseits von Gut und Böse. Schließlich bin ich kein Christ, der auf solche Unterscheidungen Wert legt.

Was treibt der Teufel in Hannover?

Ich treffe mich hier mit meinen Leuten. Früher begegneten wir uns ja noch in der unberührten Natur. Aber da ist jetzt überall Gott vor. Deswegen musste ich in die Städte ausweichen, und Hannover bot sich deswegen an, weil die Stadt das Nichts ist unter den Metropolen.

Das heißt natürlich, dass alle unterirdischen Geschäfte hier völlig ungestört laufen. Zudem finde ich mich am besten im Nichts zurecht, und Hannover ist nun einmal die Hauptstadt des Nichts.

Was wünscht sich der Teufel zur 750-Jahr-Feier Hannovers?

Bahlsen sollte Kekse backen in der Form von Totenschädeln und Gerippen. Und auf jeder Kekspackung muss natürlich mein Bildnis sein. Dann wünsche ich mir Lotterien, die wie russisches Roulette organisiert sind und bei denen man stirbt, wenn man die richtige Nummer zieht.

Das hört sich nach einer mexikanischen Fiesta an.

Ja. Ich gehe schon seit Jahren nicht mehr auf Feste, weil es fast ausgeschlossen ist, dabei zu sterben. Aber zur 750-Jahr-Feier möchte ich ganz gern kommen.

Herr Schütz, ich wünsche Ihnen viel Spaß bei der 750-Jahr-Feier.

Ich danke Ihnen für dieses Gespräch.

Dass die »Hauptstadt des Nichts« als idealer Tummelplatz für den Teufel und die Unterwelt war, hatte Sturm schon immer eingeleuchtet. Später dementierte Schütz, große Teile des Interviews selbst geführt zu haben. Wie er in einem Leserbrief an die Redaktion mitteilte, sei er nur das Werkzeug einer noch größeren Macht gewesen. Als er gesagt habe, er sei der Teufel, sei er im wahrsten Sinne des Wortes vom Teufel geritten worden. Nicht der einzige Fall, in dem der Gehörnte einen öffentlichen Auftritt hatte: Auf dem offiziellen Adventskalender der Stadt Hannover jagte 2010 der Teufel den Massenmörder Fritz Haarmann. 1924 wurde der Werwolf von Hannover zum Tode verurteilt, weil er vierundzwanzig Jungen im Alter von zehn bis zweiundzwanzig zunächst durch einen Biss in den Hals getötet und dann zerstückelt hatte.

Seit Jahren taucht Haarmann auf dem Adventskalender auf und sorgt für Aufregung. Kritiker werden immer wieder damit beschieden, dass Haarmann nun einmal Teil von Hannovers Stadtgeschichte sei. Haarmann ist einer von neunzehn Persönlichkeiten, die im weihnachtlichen Ambiente vertreten sind. Die Stadt steht eben zu ihren Promis.

Stefan Schütz hatte eindeutig gewusst, wer ihn unter Vertrag genommen hatte und Haarmann spielte mit einiger Sicherheit im Hauptstadtteam mit.

Sturm beschloss, den Abend mit einem zwanzig Jahre alten Macallan ausklingen zu lassen – Blackwood hatte einfach mehr Geld – und sprach einen Toast auf die Teams auf, die bisher erkennbar in diesem Spiel mitmischten.

»Möge der Bessere gewinnen!« Das war zwar ziemlich banal, gab ihm aber das beruhigende Gefühl, immerhin etwas getan zu haben.

Pentagramm

Sturm ging zu Bett und träumte von Morgana. Sie stand im Nebel auf einem großen gepflasterten Platz, war in eine schwarze Robe gehüllt und trug ein silbernes Diadem – Sturm erkannte das Pentagramm mit der Spitze nach unten, Materie siegt über Geist, das Zeichen des Teufels. Hinter ihr erkannte er schemenhaft die Umrisse eines großen Gebäudes. Im Nebel wirkte es wie ein urzeitliches Tier mit massivem Leib und stolz erhobenem Kopf – geduldig lauernd.

Morgana löste eine Kette von ihrem Hals und legte sie Sturm um – der Anhänger war das umgedrehte Pentagramm. »In hoc signo vinces«, sagte der dunkle Engel. »In diesem Zeichen wirst du siegen.« Das hatte der Legende nach Christus 312 Jahre nach seiner Geburt zum römischen Kaiser Konstantin dem Großen gesagt, als er ihm das Kreuz als Feldzeichen in einer Schlacht empfahl, die Konstantin für sich entschied. In der Folge stieg das Christentum zur wichtigsten Religion im Römischen Reich auf.

Morganas Zeichen war da sicherlich von ganz anderer Art, aber vielleicht erhoffte sie sich ja eine ähnliche Karriere für ihre Überzeugungen, wie sie dem Christentum beschieden war. Nur, was hatte er damit zu tun? Selbst im Traum wusste Sturm noch, dass er generell nicht gern die Verantwortung für irgendetwas übernahm. Und das sagte er ihr auch.

»Du musst«, sagte Morgana eindringlich. »Sonst kommt das Ende der Welt. Wir sind nicht allein, ich habe ganze Legionen mitgebracht.«

Auf dem Platz wurde es merklich kühler. Sturm sah seinen dampfenden Atem und meinte, das Geräusch von Krallen auf Stein zu hören und wie sich ledrige Schwingen entfalteten. Die Laute kamen aus allen Richtungen aus dem Nebel. Er sah die Umrisse einer gewaltigen Gestalt mit Schwingen, die auf einem Drachen mit rot glühenden Augen über den Platz ritt. Im Nebel wirkte sie wie ein zerfließender Engel.

Unter Sturms Füßen bebte der Boden, als würde sich dort etwas sehr Großes bewegen. Seltsame Schemen huschten über den Platz und in der Luft erklang als Geräuschkulisse eines gigantischen Albtraums ein Fauchen und Brüllen. Es war nicht der Albtraum eines Einzelnen – es war der Albtraum der Welt und es klang nach ihrem Untergang.

»Sag mal, hast du mir gerade ein umgedrehtes Pentagramm um den Hals gehängt? Ist nicht deine Fraktion für Untergänge aller Art verantwortlich?«

»Alles Propaganda«, sagte Morgana. »Das Copyright für die Apokalypse haben die Christen, die Offenbarung des Johannes steht schließlich im Neuen Testament.«

»Hatte sie nicht Johannes auf der kargen griechischen Insel Patmos in einer sehr ungemütlichen Höhle geschrieben?«

»Ich kann dir versichern, dass unsere Autoren besser leben.«

Den Eindruck hatte Sturm während seiner gesamten journalistischen Laufbahn immer gehabt. Er war ja schon sehr weit von der ungemütlichen Höhle entfernt, aber die PR-Branche etwa saß offenbar noch näher an den Fleischtöpfen als er. Mit diesem Gedanken erwachte er langsam.

Noch bevor er ganz wach war, schrillte das Telefon.

»Du bist aus dem Schneider«, teilte Sturm ein Hauptkommissar mit, mit dem ihn eine langjährige Doppelkopfrunde verband.

»Die Kartenlegerin ist eindeutig nicht durch Fremdeinwirkung gestorben. Das hat die Obduktion ergeben.«

»Woran ist sie denn gestorben?«

»Der Pathologe ist da etwas vage. Aber der Bericht liest sich so, als sei sie von innen heraus geplatzt.«

Als Sturm die Redaktion betrat, kam sein Lieblingsfotograf Rolf, der gleichermaßen diesseits und jenseits des Gesetzes geschätzt wurde, auf ihn zu und sagte ihm, dass er mit ins Fotografenbüro kommen solle, er habe da etwas für Sturm.

»Ich war gestern Nacht noch unterwegs, als der Nebel aufzog, und habe ein paar Fotos gemacht«, erklärte er. »Das hier finde ich besonders schön.«

Das Bild zeigte eine Frau in schwarzer Robe, die sich auf einem großen gepflasterten Platz mit einem Mann unterhielt. Hinter ihr erkannte Sturm schemenhaft die Umrisse eines großen Gebäudes. Im Nebel wirkte es wie ein urzeitliches Tier mit massivem Leib und stolz erhobenem Kopf – geduldig lauernd. Die Szenerie kam ihm sehr bekannt vor. Sturm war sich sehr sicher, dass Morgana und er auf dem Foto zu sehen waren.

»Was ist das?«, fragte er und deutete auf das Gebäude.

»Das ist die Marktkirche«, antwortete Rolf. »Ich habe auch noch ein paar Aufnahmen im Tageslicht. Willst du die sehen?«

Sturm nickte, und der Fotograf holte die Bilder auf seinen Schirm. Sie waren eher langweilig, bis Sturm ein Foto sah, das ihn elektrisierte. Auf dem siebenundneunzig Meter hohen Turm von Hannovers zentraler Kirche entdeckte er im Ostgiebel auf rotem Mauerwerk ein Pentagramm in einem Kreis als festen Bestandteil des Bauwerks. Es stand mit der Spitze nach unten, das Symbol des Teufels und das Siegel der Church of Satan. Sturm begann zu ahnen, warum nicht nur Tod und Teufel, sondern auch der Turm so markante Positionen in der letzten Legung einer mittlerweile sehr toten Kartenlegerin eingenommen hatten.

Das Raider-Waite-Tarot, das sie benutzt hatte, zeigt einen Turm, dessen wie eine Krone geformte Spitze in einer Sturmnacht von einem gewaltigen Blitz getroffen wird.

Flammen lodern auf und Menschen stürzen kopfüber in die Tiefe, einer davon trägt eine Krone. Der Turm ist der Bote eines gewaltsamen Eingriffs, einer gewaltigen Katastrophe und es gibt Erklärungen, nach denen die

Karte für das Öffnen der Pforten der Hölle steht. Und er bedeutet auch, dass man die Mauern des Gefängnisses sprengt, in dem man eingemauert ist.

Das umgedrehte Pentagramm am Turm der Marktkirche war das Zeichen gewesen, das die ganze Zeit vor Augen gewesen war und doch nicht gesehen oder nicht in seiner wahren Bedeutung erkannt wurde, und das wie ein Leuchtfeuer den Mächten der Unterwelt den Weg wies.

Allerdings wurden auch noch ganz andere Wesen angezogen, die aus so tiefen Abgründen kamen, dass sie die Hölle von unten betrachten konnten. Und ihr Leuchtfeuer war nicht das Pentagramm.

Obwohl es in luftiger Höhe nicht ganz einfach zu sehen war – man musste erst hochschauen und wer tut das schon? –, gab es wegen des umgedrehten fünfzackigen Sterns immer wieder Anfragen an die Kirche. Am 29. September 2008 erklärte der damalige Superintendent Wolfgang Puschmann auf der Website des Evangelisch-lutherischen Stadtkirchenverbandes Hannover, dass das Pentagramm zur Bauzeit des Turmes im 13. Jahrhundert vom Abwehrzauber gegen das Böse zum »christlichen Erlösungssymbol unter dem Kreuz geworden« sei.

Puschmann weiter: »Zum Zeichen von Hexerei, Dämonie und Zauberkunst wurde es erst sehr viel später. Die Vorstellung, ein auf die Spitze gestelltes Pentagramm deute den hörnerbewehrten Kopf des Teufels an, gehört in eine Zeit, in der Zeichen der Abwehr zu

Zeichen der Beschwörung werden.« Goethes Mephisto im Faust hätte an dieser Aussage sicher seine helle Freude gehabt.

Denn in Auerbachs Keller in Hannovers Partnerstadt Leipzig hatte der gesagt: »Den Teufel spürt das Völkchen nie, und wenn er sie beim Kragen hätte.«

Morgana und ihren Freunden waren die Spitzfindigkeiten eines Stadtsuperintendenten offensichtlich ziemlich egal. Für sie prangte das Zeichen des Teufels an einem der Wahrzeichen Hannovers und sie würden das bestimmt nicht ausdiskutieren. Dass der Niedersächsische Landtag ganz in der Nähe des satanischen Symbols und höchstwahrscheinlich auch unter seinem Einfluss tagte, machte einiges klarer.

Das war die Sprungschanze, die den ehemaligen Ministerpräsidenten Gerhard Schröder ins Kanzleramt und den ehemaligen Ministerpräsidenten Christian Wulff ins Palais Bellevue getragen hatte. Der eine, übrigens der Christ, wurde als armer Teufel aus dem Amt gejagt, während sich der andere anscheinend mit dem Meister zu ausgedehnten Spaziergängen in Moskau traf. Diese ganzen Vorgänge sorgten für mehr Aufmerksamkeit, als es der Unterwelt lieb sein konnte. Und deswegen unternahm sie alles, damit nichts und niemand von Bedeutung mehr direkt aus dem Landtag in Hannover kam und letztlich die Geschäfte störte, bis sich die Mächte der Finsternis ganz offen zeigen konnten.

Der eher naive evangelische Sektenbeauftragte Panizza hatte einmal in einem Interview erklärt: »Wir leben im Zeitalter der Rückkehr der Dämonen.« Er meinte damit aber die psychischen Probleme von zumeist jungen Menschen, die Dämonen oder den Teufel selbst beschworen hatten und felsenfest glaubten, diese Wesen seien jetzt hinter ihnen her. Etliche der psychisch Verfolgten hätten ihn schon um ein Kruzifix gebeten. Ein Kollege von ihm sei nachts um drei Uhr von Jugendlichen geweckt worden, die nach einer Schwarzen Messe den Teufel nicht mehr loswurden, der angeblich auf einem Grabstein hockte. Der Pastor sei gleich rausgefahren und habe sich um die Jugendlichen gekümmert. Was hätte Luther wohl zu diesen Pastoren gesagt, die den Teufel als psychisches und nicht als manifestes Problem wahrgenommen hätten? Der große Reformator hatte schließlich ein Tintenfass auf den ganz realen Satan geworfen. Sturm war sich ganz sicher, dass an Luther niemals eine Dämonenhorde unbemerkt vorbeigekommen wäre.

Als ein Zentrum der Schwarzen Messen in Hannover vermutete Paul Panizza unterirdische Tunnel unter dem Hanomag-Gelände, die noch die Nazis gegraben hatten, um die Kriegswaffenproduktion vor den alliierten Bombenangriffen zu schützen.

Sturm schlug seinen Vorgesetzten eine Story zum Pentagramm an der Marktkirche vor, biss aber auf Granit. Damals hatte er das nicht besonders ernst genommen, später fand er heraus, dass sie von der infernalischen Seite bezahlt wurden. Es war natürlich die mit der besten Währung für machtgeile Egomanen.

Besser bekannt ist diese Währung unter dem Begriff der Sieben Todsünden, die aber auch, nur leicht modifiziert, unter dem Titel »Die Sieben Wege zur Führungskraft« zusammengefasst werden könnten, wobei die Unterwelt ebenso das Coaching übernimmt: Hochmut (Luzifer), Habgier (Mammon), Begehren (Asmodeus), Rachsucht (Satan), Selbstsucht (Beelzebub), Neid (Leviathan) und Ignoranz (Belphegor) dürften dabei wirklich sehr wichtige Eckpfeiler für die Karriere sein.

Als Sturm an diesem Tag die Redaktion verließ, machte er noch einen kleinen Abstecher auf ein Bier und eine Currywurst mit Pommes rot/weiß ins in Hannover legendäre Plümecke. Er fühlte sich einfach wohl im ewigen 1960er-Jahre-Ambiente. Die Gäste liebten es nicht, wenn sich auch nur irgendetwas änderte – die brachte schon ein dezenter Neuanstrich der Wände auf die Barrikaden. Als dies einmal geschehen war, gab es wochenlange wütende Diskussionen. Um die Kneipe herum änderten sich die Zeiten rasend schnell, im Plümecke blieb alles, wie es war. Sturm hatte hier schon in seinen Studentenzeiten die kultige Currywurst gegessen. Das Bier wurde nachbestellt, indem die Gläser gegeneinander geschlagen wurden, der klingende Ton rief die Bedienung herbei. In anderen Kneipen verändern neue Gästegenerationen die Gaststätte, das Plümecke veränderte die nachrückenden neuen Generationen mit seinem hypnotischen Mantra: Das war so, das ist so und das wird so bleiben.

»Da drüben hat der Schröder immer gesessen«, hatte ein älterer Stammgast und Mitzocker bei Schröders Skatrunden einmal Sturm erzählt. Gemeint waren damit der Ex-Ministerpräsident und Ex-Kanzler Gerhard Schröder.

»Der hatte immer ein sauschlechtes Blatt. Wir waren froh, wenn der auftauchte. Der kam nur zum Bezahlen.«

Auch wenn sich Gerhard Schröder später rarer machte, blieb er der Kneipe doch verbunden. Als der langjährige Plümecke-Wirt Horst Fydrich 1998 starb, schickte der damalige Noch-Ministerpräsident Schröder ein Beileidstelegramm, das auf Fydrichs Beerdigung verlesen wurde. Das hatte Sturm und die anderen Gäste damals sehr gerührt.

Fydrichs Nachfolger Klaus war nicht so sehr bei Politikern bekannt, hatte aber auf der Pferderennbahn einen bleibenden Eindruck hinterlassen. Klaus war ein begeisterter Fan des Pferderennsports und ließ sich von Gästen tatsächlich zum Kauf eines Tiers überreden, das ihm zwar einiges an Kosten bescherte, aber nicht viel Freude einbrachte. Das war natürlich Kneipengespräch. Ein kenntnisreicher Experte, dem Sturm auch die einzige gewonnene Dreierwette seines Lebens verdankte, erklärte es ihm während eines Rennens einmal so:

»Wenn du dem Favoriten fünfzehn Bierkästen aufschnallst, gewinnt er immer noch souverän gegen den Gaul von Klaus.« Im Plümecke unterließ Klaus dagegen alle Experimente: Es blieb alles, wie es war – ein fröhlicher Stillstand bei Currywurst und Klingelbier, umgeben vom Mahlstrom der Zeit, dem das Plümecke souverän trotzte. Sturm war überzeugt davon, dass auch ein Weltuntergang erst dann daran etwas ändern würde, wenn der Nachschub mit Currywurst und Bier aus naheliegenden Gründen kollabierte. Er mochte diese Verlässlichkeit in einer unruhigen Zeit.

Sturm blieb diesmal nicht lange in der Kneipe. Als er an dem Mehrfamilienhaus ankam, in dem er zur Miete wohnte, bemerkte er einen Umschlag in seinem Briefkasten, den er herauszog. Er stieg in den Lift und fuhr die vier Stockwerke zu seiner Wohnung hoch, die er seine »Drei-Zimmer-Single-Malt-Bude« nannte.

»Ich bin zwar ein Single«, hatte er das einmal im Suff einem Kollegen erklärt. »Aber niemand ist allein, der Single Malt hat.«

Auch jetzt war Sturm nicht allein, öffnete erst die Flasche und dann den Umschlag, setzte sich auf sein Sofa und fing an zu lesen.

Gebete

Georg erwachte im hellen Sonnenlicht. Um ihn herum herrschte die ganz normale Geräuschkulisse eines großen Open-Air-Festivals. Er sah niemanden, der ein silbernes Messer in der Hand hatte, und entdeckte auch sonst keine Anzeichen von bestialischer Gewalt.

Niemand sprach über Cthulhu und Azathoth und der Himmel war auch nicht rot-schwarz, sondern freundlich-blau. Das ließ nur eine Schlussfolgerung zu: Die Drogen wirkten nicht mehr, und er war vom magischen Teppich abgestiegen. Als er den Jungen vor seinem Zelt entdeckte, von dem er das Löschblatt mit dem LSD hatte, sprach er ihn an.

»Sag mal, was war denn das für ein Zeug?«

»Hör auf«, antwortete der Junge. »Ich habe mich auch schon geärgert. Der Stoff hat überhaupt nicht gewirkt. Ich weiß auch nicht, was das war.«

Georg ging in sein Zelt, zog den Reißverschluss zu, kroch tief in seinen Schlafsack und tauchte während des gesamten Open-Air-Konzertes nicht mehr auf.

Als er schließlich die Heimreise antrat, war er nicht mehr derselbe wie vorher. Er hoffte nur, dass er damit irgendwie klarkommen würde.

»Das musst du gar nicht«, hörte er eine Stimme, die eindeutig zu Morgana gehörte. »Lass es einfach geschehen.«

»Wir sind ja bei dir.« Das war jetzt Sabira.

»Warum habt ihr ausgerechnet mich ausgesucht?«, wollte Georg wissen. »Auf dem Open-Air-Konzert waren Tausende. Warum ich?«

»Du fragst nach einem Grund?«, sagte Morgana.

»Das ist jetzt aber wirklich rührend«, übernahm Sabira. »Seit wann brauchen weibliche Wesen einen Grund für ihr Handeln?«

Georg sah sich im Zugabteil um. Außer ihm schien niemand die Stimmen gehört zu haben. Jetzt war er sich sicher, in ernsthaften Schwierigkeiten zu sein.

Andererseits hatte er ja nie als Spießer mit Durchschnittsfamilie und Durchschnittsleben im Reihenhaus enden wollen. Zumindest dieser Wunsch schien jetzt in Erfüllung zu gehen. Er war offensichtlich in einen Krieg der Götter, Dämonen, Todesfeen und einiger wirklich unerfreulicher Wesen aus den Tiefen der Kluft zwischen den Welten geraten und rekrutiert worden.

Georg entschloss sich, dem offensiv zu begegnen und mit ganzer Kraft in diesen Krieg zu ziehen.

Nach dem, was er erlebt hatte, hätte er auch einfach komplett durchdrehen oder sich damit anfreunden können, dass er schon völlig durchgeknallt war, als er Sabira und Morgana begegnete, aber das war eine Alternative, die sich sehr nach einer großen

Menge Psychopharmaka und wenig Spaß anhörte. Georg lehnte sich entspannt zurück. Er hatte die richtige Entscheidung getroffen – das war ganz klar für ihn. Auf lange Sicht musste er sich wahrscheinlich auf eine der beiden Seiten schlagen. Das wurde bestimmt erwartet, aber dafür wusste er noch nicht genug. Und für eine reine Herzensentscheidung waren seine Gefühle zu gleichmäßig auf Sabira und Morgana verteilt – schließlich hatte er mit den beiden Göttinnen?/Dämoninnen?/Feen? fantastischen Sex gehabt. Und dass weibliche Wesen nicht immer miteinander klarkommen, hatte er auch schon bei menschlichen Frauen erlebt.

Als Georgs Zug schließlich in Hannovers Hauptbahnhof einfuhr, war er zutiefst entspannt. Das änderte sich schlagartig, als er Sabira sowie Morgana einträchtig nebeneinander auf dem Bahnsteig stehen sah.

Aber zuerst erklärte ihm Sabira etwas.

»Falls du dich über mich und Morgana wunderst: Bahnhöfe und Flughäfen sind neutrales Gebiet. Wir sind schließlich alle große Reisende.« Dann gab sie ihm einen langen Kuss, dem sich Morgana anschloss.

Als er den Bahnhof verließ, verschwanden Morgana und Sabira. Doch zuvor hatten ihm die beiden Schönen Botschaften zugesteckt.

Auf den Zetteln von Morgana stand:

Ich bin Morgana. Ich bin dein Schicksal. Ich bin die Fee. Ich bin die Göttin des Gemetzels. Ich bin der Schoß eines jeden Hains. Ich bin die Flamme auf jedem Hügel. Ich bin die Königin eines jeden Bienenstocks. Ich bin der Schild für jeden Kopf. Ich bin das Grab aller Hoffnung.

Und hier noch etwas zur Einstimmung von Charles Baudelaire aus den Blumen des Bösen:

Die Litanei des Satans

O Cherub, weisester, schönster von Gottes Söhnen,
Gestürzt, selbst noch ein Gott, dem keine Psalmen tönen,
Satan, erbarm dich mein in meiner tiefen Not!

O König des Exils, den man mit Schmach bedeckt,
Und der, besiegt, voll Trotz das Haupt nur höher reckt,
Satan, erbarm dich mein in meiner tiefen Not!

Du, der du alles weisst, Herrscher in dunkeln Tiefen,
Helfer der Menschen, die in bittrer Angst dich riefen,
Satan, erbarm dich mein in meiner tiefen Not!

Der Liebe selbst ins Herz Verstossener, Kranker senkt,
Und ihnen so den Duft aus Edens Gärten schenkt,
Satan, erbarm dich mein in meiner tiefen Not!

Der sich die Todesnacht zur Liebsten wählt und

Herrin,
Mit ihr die Hoffnung zeugt, die wunderholde Närrin,
Satan, erbarm dich mein in meiner tiefen Not!

Der dem Verfemten schenkt den Blick voll Ruh und
Spott,
Mit dem er niederwirft das Volk um sein Schafott,
Satan, erbarm dich mein in meiner tiefen Not!

Der in der Erde kennt die tiefverborgnen Schreine,
Darin der neidische Gott verbirgt die Edelsteine,
Satan, erbarm dich mein in meiner tiefen Not!

Du, dessen klarer Blick erkennt den finstern Schacht,
Drin die Metalle ruhn, gehüllt in Schlafes Nacht,
Satan, erbarm dich mein in meiner tiefen Not!

Du, dessen Hand verdeckt Abgrund und Schlucht
und Wirren,
Nachtwandelnde beschützt, die über Dächer irren,
Satan, erbarm, dich mein in meiner tiefen Not!

Der heil aus der Gefahr den alten Säufer zieht,
Der unter Pferdeshuf taumelnd am Weg geriet,
Satan, erbarm dich mein in meiner tiefen Not!

Der uns zum Trost gelehrt, wenn Leiden uns
bedrängen,
Mit des Salpeters Kraft den Schwefel zu vermengen,

Satan, erbarm dich mein in meiner tiefen Not!

Der, Helfershelfer uns, sein Mal gebrannt voll List
Auf jedes Reichen Stirn, der feil und grausam ist,
Satan, erbarm dich mein in meiner tiefen Not!

Der in des Mädchens Herz tief seine Saat gesenkt,
Dass es voll Lust an Blut und Grau'n und Fetzen
denkt,
Satan, erbarm dich mein in meiner tiefen Not!

Der Ausgewiesnen Stab und des Erfinders Licht,
Erhenkter Trost und Schutz, Verbrechers Zuversicht,
Satan, erbarm dich mein in meiner tiefen Not!

Aller Verstossnen Freund und liebender Berater,
Die einst in finstrem Zorn aus Eden stiess der Vater,
Satan, erbarm dich mein in meiner tiefen Not!

Bitte
Dir, Satan, Lob und Preis im hohen Himmelszelt,
Wo du geherrscht dereinst, bis zu der finstren Welt,
Wo du besiegt nun ruhst und träumst in tiefem
Schweigen!
Lass meine Seele sich ganz nahe zu dir neigen,
Wenn der Erkenntnisbaum sein üppiges Geäst
Hoch über deinem Haupt zum Tempel werden lässt!

Man musste mit dieser Litanei nicht einverstanden sein, fand Sturm, aber sie war von ergreifender und berührender Schönheit. Satan als Gott und Engel der Verfolgten, Entrechteten und Verfemten, da hatte die PR-Abteilung der Hölle wirklich ganze Arbeit geleistet.

Danach nahm sich Georg den Text von Sabira vor und las:

Ich bin Sabira. Ich bin dein Schicksal. Ich bin die Fee. Ich bin die Göttin des Gemetzels. Ich bin der Schoß eines jeden Hains. Ich bin die Flamme auf jedem Hügel. Ich bin die Königin eines jeden Bienenstocks. Ich bin der Schild für jeden Kopf. Ich bin das Grab aller Hoffnung.

Kennst du eigentlich das Necronomicon? Solltest du wirklich mal lesen.

Anrufung des großen Cthulhu

Ph'nglui mglw'nafh Cthulhu R'lyeh wgah'nagl fhtagn. In seinem Haus in R'lyeh wartet träumend der tote Cthulhu.
Rufe den mächtigen toten Träumer in der Nacht von Halloween, wenn die Sonne im Skorpion steht. Errichte einen Altar aus Steinen in der Nähe des Meeres und opfere einen Menschen. Schneide sein Herz heraus und verzehre es mit den anderen Gläubigen. Häute das Opfer, schneide seine Haut in Streifen

und zeichne das Siegel Cthulhus mit dem Blut auf die Haut. Nehme die Haut in deine rechte Hand und mach mit der linken das Zeichen von Kish, das Tore und Barrieren zerstört. Beschwere die Haut mit einem Stein und wirf sie ins Meer und sprich dreimal.
Ph'nglui mglw'nafh Cthulhu R'lyeh wgah'nagl fhtagn.
Cthlhu wird dir im Schlaf erscheinen und du wirst die Geheimnisse der Tiefe kennen

Die Beschwörung

Oh Du, mächtiger Träumer
Herr des Abgrunds, tot und doch lebendig
Dein Diener ruft Dich, oh mächtiger Cthulhu, Herr der Träume!
Gebannt bist Du in R'lyeh bis Deine Fesseln brechen.
Dann wird sich Dein Reich aus den Tiefen erheben.
Und die Finsternis wird das Licht verdunkeln.
Gib mir Dein Zeichen, tue mir Deinen Willen kund.
Damit ich ihn erfülle.
Du wirst leben, wenn der Tod stirbt. Lass mich Deinen Ruf hören.

Zum Schluss hatte Sabira noch etwas hinzugesetzt:

Manche machen wirklich eine Menge unnötiges Theater. Den ganzen Zirkus mit dem Meer, dem Menschenopfer, dem blutigen Zeichen auf Menschenhaut und dem Rest kannst du auch lassen. Cthulhu hört dich auch so.

Sturm fand die Litanei des Satans klar besser, aber vielleicht kam es bei Cthulhu ja auch gar nicht so darauf an. Dass der Teufel Wert auf Geschmack legte, ließ sich immer wieder nachlesen. Sturm war sich ziemlich sicher, dass Geschmack für Cthulhu eine zu vernachlässigende Kategorie war.

Georg musste mit jemandem reden, der eindeutig aus der Welt der Menschen kam, aber auch keine Berührungsängste mit ganz anderen Welten hatte. Er enterte eine Telefonzelle, warf das abgezählte Kleingeld ein und rief seinen Freund Peter an. Peter liebte die Geschichten von H. P. Lovecraft und Algernon Blackwood, der wiederum von Lovecraft sehr geschätzt wurde, und kannte sich bestens mit Karl Marx und Dämonen aus – also mit allen, die die versteinerten Verhältnisse zum Tanzen bringen wollten.

Maulwurf

»Treffen wir uns heute Abend im Wurf?«, fragte Georg. Das ging natürlich klar, was daran lag, dass man sich dort eigentlich jeden Abend traf. Mit »Wurf« war die Kneipe »Der Maulwurf« gemeint.

Georg öffnete die Tür zum Maulwurf und stand im Schankraum mit der langen Theke. An deren solider Stange hatten sich gerade zwei junge Männer mit Bundeswehrkoppeln festgeschnallt.

»Jetzt können wir beim Saufen nicht mehr umfallen«, erklärte einer von ihnen dem erstaunten Nebenmann die Aktion.

Georg kannte das, er hatte sich mit Peter auch schon an der Theke festgeschnallt. Diese Methode hatte einer der wenigen Maulwurfgäste, die den Wehrdienst nicht verweigert hatten, von seiner Bundeswehrzeit mitgebracht. Sie war allgemein als Bereicherung des Kneipenlebens empfunden und akzeptiert worden.

Im Schankraum konnte Georg Peter nicht entdecken. Georg stieg die vier Stufen hoch, die in die zweite Ebene des ständig durch massiven Zigarettenrauch vernebelten Sechzig-Quadratmeter-Kneipen-Schlauchs führten. Auch hier war Peter nicht, aber Georg entdeckte Bekannte und setzte sich zu ihnen an den Tisch.

An einem anderen Tisch in der Nähe erkannte Georg Dirk Roßmann, der mit langer Mähne und Zottelbart durch die Kneipen zog, um unter anderem Personal für seine Drogerien zu finden. Es hieß, dass der Mann Geld hatte, was - gemessen an der sehr geringen durchschnittlichen Liquidität der Maulwurfgäste - wirklich alles Mögliche bedeuten konnte. Auf jeden Fall war Dirk Roßmann sehr großzügig, wenn er um Kleingeld angeschnorrt wurde. Es war das nötige Kleingeld, das Roßmann von den anderen im Maulwurf unterschied, nicht die langen Haare und der Bart.

»Der Maulwurf« war in Hannover eine Legende, und auch wenn Sturm die Kneipe nie kennengelernt hatte, hatte er doch viel über sie gehört – auch über den Stammgast Dirk Roßmann, der dann zum Besitzer der Drogeriemarktkette Rossmann wurde.

Als Georg aufstehen wollte, um weiter nach Peter zu suchen, knallte er mit dem Kopf an eine viel zu niedrig über dem Tisch aufgehängte massive Lampe. Diese Lampen waren ein bekanntes Problem im Maulwurf und hatten schon viele Beulen verursacht, trotzdem blieben sie da hängen, wo sie waren.

Georg suchte mit schmerzendem Kopf und frischer Beule weiter nach Peter, konnte ihn aber nicht entdecken. Vielleicht war er ja vor dem Maulwurf. Als Georg auf die Straße trat, sah er, wie ein Maulwurf-Kellner mit einem Zehn-Liter-Eimer Bier die Straße überquerte und damit in den Räumlichkeiten eines neugegründeten Stadtmagazins verschwand. Das war immer so bei Redaktionssitzungen.

Georg entdeckte seinen Freund schließlich auf dem Bürgersteig vor dem Maulwurf mit einem Bier in der Hand. Sie waren nicht die Einzigen, was immer wieder für massiven Ärger mit Anwohnern und der Polizei sorgte.

»Wie war es in Aachen?«, fragte Peter.

»Gehen wir ein Stück«, schlug Georg vor. »Aber vorher hole ich noch ein Bier.«

Als Georg mit dem frisch Gezapften aufs Trottoir trat, machten sie sich auf den Weg zu einem nahe gelegenen Hinterhof und setzten sich auf die Mülltonnen.

»Sagen dir Cthulhu und Azathoth etwas?«

»Klar, das sind sehr unangenehme Wesen aus dem Lovecraft-Universum«, antwortete Peter.

»Und das Necronomicon?«

»›Ein Abbild des Gesetzes der Toten‹ oder auch ›Das Buch der toten Namen‹ aus dem achten Jahrhundert – mit Blut geschrieben und in Menschenhaut gebunden. Angeblich verfasst vom wahnsinnigen Araber Abdul Alhazred, aber es gibt viele, die vermuten, dass es Lovecraft selbst geschrieben hat.«

Georg erzählte, was er in Aachen erlebt hatte. Peter hörte geduldig zu, unterbrach nicht und sagte dann, als Georg geendet hatte:

»›Wir leben auf einer seelenruhigen Insel der Ignoranz inmitten eines Meeres von schwarzer Endlosigkeit und es war nie angedacht, dass wir je auf Reise gehen sollten.‹

Das habe ich bei Lovecraft gelesen. Jetzt bist du auf der Reise.«

»Kommst du mit?«, fragte Georg.

»Tut mir leid«, antwortete Peter. »Das ist mir eindeutig ein paar Nummern zu groß. Ich bin doch nicht wahnsinnig und habe auch bestimmt nicht vor, es zu werden. Steig aus, solange es noch geht.«

Peter stand auf, ging Richtung Maulwurf und ließ Georg allein in dem Hinterhof mit der Frage zurück, ob er überhaupt noch aussteigen konnte, selbst, wenn er es wollte. Und wie sich zeigte, konnte sogar Peter das nicht mehr. Als er in den Hinterhof zurückkam, freute sich Georg über den Mitstreiter, der es sich offenbar anders überlegt hatte, bis er bemerkte, dass mit Peters Gang etwas nicht stimmte. Mit jedem seiner torkelnden Schritte schien er der finsteren Schwelle zum Tod näherzukommen.

Als Peter schließlich fiel, sah Georg, dass ein silberner Dolch im Rücken seines Freundes steckte, bis die Waffe mit einem Flimmern verschwand. Dann verschwand auch Peter. Georg hätte in Panik geraten können, aber er geriet nicht in Panik, weil ihm eine Stimme sagte, dass er vergessen solle, dass er Peter an diesem Abend gesehen hatte. Und Georg vergaß. Eine wohltuende Dunkelheit legte sich über ihn, als sie ihn wieder verließ, hatte sie seine Erinnerungen mit in die Nacht genommen, wo sie schließlich verblassten. Peters Leiche würde, aufgespießt auf Moniereisen, in einem der tiefen Löcher gefunden werden, die in Hannover jetzt überall für den U-Bahn-Bau gegraben wurden. Die Ermittlungen würden ergeben, dass er einem Unfall zum Opfer gefallen war.

Wochen danach fand Georg ein Schreiben von Peter in seinem Briefkasten:

Der Tod war freundlich zu mir in dieser Nacht
Und ich lächelte zurück
Bereit, seinem dunklen Weg zu folgen
In die samtene Stille
Wo kein Wort mehr zählt
und kein Atem
Tod lächelte mir zu
Wie ein freundlicher alter Mann
Der Tod war ein Indianer
Bereit, mit mir in die ewigen Jagdgründe zu gehen
Komm, Bruder, mein bleicher Krieger des Nichts
Wir werden durch diese Welten streifen
Frei und doch immer verfolgt
Wir - ausgebrochen aus den Reservaten der Gräber
Und lebendig

Gottes Kavallerie sucht uns Wir stören das Jüngste Gericht
Die Auferstehung der gezähmten Toten
Gezählt von Weißgesichtern mit langen Hemden und Flügeln
Wer will das schon
Du nicht, mein Bruder
Und ich nicht
Komm mit auf die alten Pfade, die ihr Gott nicht kennt
Wege zwischen den Welten, auf denen Tod und Leben streifen
Bis das Jüngste Gericht längst vergessen ist
Und die Auferstandenen tot

Wenn das Datum des Poststempels stimmte, war Peter da schon tot gewesen.

Sturm wusste jetzt, dass er aufrührerische Briefe aus dem Totenreich liebte. Wie wohl die alten Pfade aussahen, die Wege zwischen den Welten, die Gott nicht kannte? Sturm stellte sich eine ungeheure Weite vor. Kurz vorm Einschlafen sah er eine endlose silberne Ebene unter einem Wolfsmond, über die ein alter Indianer ritt, der ihm einladend zuwinkte.

SYMPATHY FOR THE DEVIL

Sturm nahm sich einen freien Tag und machte sich nach dem Frühstück gleich auf dem Weg zu Blackwood, der ihn in bester Stimmung empfing und in sein Arbeitszimmer bat. Sturm gab Blackwood den Text, den er gestern Nacht gelesen hatte. Als der Freund fertig war, sagte Sturm:

»Ist dir der Name Blackwood im Zusammenhang mit Lovecraft aufgefallen? Ich habe zusätzlich recherchiert und herausgefunden, dass Algernon Blackwood im Jahr 1900 Mitglied in der Geheimgesellschaft Hermetic Order of the Golden Dawn wurde. Dort wirkte auch der britische Okkultist, Schriftsteller und Bergsteiger Aleister Crowley.

Er nannte sich ›The Great Beast 666‹, praktizierte unter anderem Sexualmagie und lebte nach der Maxime: ›Tu, was du willst, soll sein das ganze Gesetz.‹ ›Do what you like‹ war 1969 ein Hit von Blind Faith. Hört sich nach Crowley an.«

»Das Ergebnis war demnach ›Sympathy for the devil‹«, ergänzte Blackwood. »Allerdings gibt es noch eine andere Variante zur Entstehungsgeschichte dieses Songs. Danach soll Jagger den Text nach der Lektüre des Romans ›Der Meister und Margarita‹ des russischen Schriftstellers Michail Bulgakow geschrieben haben. In dem Roman taucht der Teufel in den 1930er Jahren in Moskau auf. Wie auch immer – Fakt ist, dass während der Aufnahmen das Studio brannte.«

Sturm kannte den Song sehr gut. »Sympathy for the devil« hatte ihn immer motiviert – auch beruflich. Besonders gefiel ihm die Stelle:

»I rode a tank
Held a general's rank
When the Blitzkrieg raged
And the bodies stank«

Satan als Panzergeneral im Blitzkrieg hörte sich plausibel an. Sturm war schon immer davon überzeugt gewesen, dass sich der Teufel unter Deutschen wohlfühlte.

»Ist es eigentlich ein Zufall, dass du Blackwood heißt?«, wollte Sturm wissen.

» ›Hope you guess my name
But what's puzzling you
Is the nature of my game‹ «

»Das ist ›Sympathy for the devil‹ «, bemerkte Sturm. »Kann man denn überhaupt den richtigen Name raten, wenn die Verwirrung die Natur dieses Spiels ist?«

»Versuch es einfach«, schlug Blackwood vor und zeigte mit angewinkelten Händen auf sich. »Die Lösung ist ganz nah.«

»Du bist der Teufel?«, fragte Sturm spöttisch, der langsam genervt von den ewigen Spielchen seines Freunds war. Aber Blackwood verstand in dieser Sache nicht viel Spaß.

»Man kann nur an Dinge glauben, die es nicht gibt«, antwortete Blackwood ernst. »Ich bin real. Morgana, mein Schatz, würdest du unserem Sturm freundlicherweise etwas auf die Sprünge helfen.«

»Aber gern«, hörte Sturm Morganas Stimme hinter seinem Rücken.

Und dann zeigte sie sich ihm: Ihr langes schwarzes Haar fiel auf einen ebenso schwarzen Mantel, den sie offen trug. Im auffallenden Kontrast dazu standen ihre bleiche Haut und ihr roter Lippenstift. Der kurze Rock gewährte einen sehr großzügigen Blick auf ihre endlos langen Beine. Sie sah aus wie eine Vampirprinzessin, die von einer grausigen Jagd zurückkehrte – ein düsterer Engel, geboren aus Tod und Blut. Und genau das war sie auch. So hatte es im Georg-Manuskript gestanden, und Sturm hatte dem nichts hinzuzufügen.

»Lernt euch jetzt ein bisschen besser kennen«, empfahl Blackwood und zog sich diskret zurück. Sie hielten sich an seine Empfehlungen und Sturm stellte fest, dass Göttinnen oder auch Ex-Göttinnen mit einem gehörigen Schuss Dämonenanteil wirklich etwas drauf hatten.

Morgana hatte ganz offenbar das Beste aus zwei Welten genommen und etwas daraus gemacht. Wenn dadurch seine Seele in Gefahr war, ging Sturm dieses Risiko gern ein. Er ahnte, dass er endlich das weibliche Wesen gefunden hatte, nach dem er schon immer auf der Suche gewesen war, jetzt, wo er fast die Fünfundvierzig erreicht hatte, aber immer noch ganz gut in Form war, was ihm dabei eindeutig zugute kam. Offenbar waren ihm Single Malt und kubanische Zigarren über die Jahre ausgezeichnet bekommen. Nachdem sie lange genug gemeinsam durch die Ewigkeit geritten waren, zogen sie sich wieder an, und Blackwood betrat den Raum.

»Bist du jetzt überzeugt?«, fragte er Sturm. Eigentlich gab es da nichts zu zögern. Sturm war in etwas hineingeraten, aus dem er mit Sicherheit nicht wieder hinauswollte: Morgana. Das überzeugendste Argument des Teufels ist eben immer noch eine schöne Frau, das gilt erst recht für eine Göttin. Allerdings stand dem Glück mit Morgana noch eins im Weg.

»Im Lichte der Vernunft betrachtet, kann es das hier alles nicht geben«, wandte Sturm ein.

»Dann musst du dich wohl zwischen der Vernunft und mir entscheiden«, stellte Morgana Sturm vor eine Wahl, die nun wirklich keine war, und zersauste dabei spielerisch sein kurzes schwarzes Haar.

»Ach, weißt du, die Vernunft wird oft überschätzt«, antwortete er ihr und murmelte etwas in der Richtung, dass seine unsterbliche Seele jetzt ja wohl in Gefahr sei.

»Sei nicht albern«, sagte Blackwood. »Dafür ist es zu spät. Du bist Journalist.«

»Wie soll ich dich nun nennen und was ist deine wahre Gestalt?«, wollte Sturm wissen.

»Nenn mich einfach weiter Blackwood. Und denk mal nach. Ich bin ein Trickster, ich habe keine wahre Gestalt. Das ist ein Ammenmärchen, was ich vielleicht noch verzeihen könnte, wenn sie mir nicht so ein mieses Design mit Hufen und Hörnern verpasst hätten. Das ist tiefste Provinz. Wer will schon so aussehen?«

»Der Ex-Gott Baal hat in seiner höllischen Erscheinung eine Menschenbrust, den Körper einer Spinne und drei Köpfe: den eines Menschen mit einer Herzogskrone, den einer Katze und einen Krötenkopf«, bemerkte Sturm. »Als Gott in Kanaan und Götterkonkurrent Jahwes im Alten Testament hatte er noch menschliche Gestalt. Jetzt hat er ein, sagen wir, extrem abweichendes Design. Wollte der so aussehen?«

»Wenn etwa Naturgötter von den siegreichen Anhängern des Einen Gottes zu Dämonen erklärt werden, werden sie dadurch auch deformiert. Es sind ihre Feinde, die ihnen diese Gestalt aufzwingen, aber das sind die Wahngestalten der eigenen deformierten Triebe der Anbeter des Einen Gottes«, erklärte Blackwood.

»So à la Nietzsche: ›Das Christentum gab dem Eros Gift zu trinken: Er starb zwar nicht daran, aber entartete zum Laster.‹ «

»Genau«, antwortete Blackwood. »Die Christianisierung hat uns einen enormen Zulauf gebracht, als die sogenannten heidnischen Götter aus dem Pantheon rausgeschmissen und direkt in die Hölle abgeschoben wurden. Damals kam eben auch Morgana zu uns.«

»Die nun aber wirklich einwandfrei aussieht ...«, warf Sturm ein.

»Hör bloß auf. Erst hat unsere Designabteilung ihr und dann mir in den Ohren gelegen, damit sie sich etwas zulegt, das zum höllischen Lifestyle passt. Oh Mann, die haben wirklich Lifestyle gesagt. Aber Morgana bleibt eben Morgana. Und sie sorgt immer sehr eindrucksvoll dafür, dass sie die freie Wahl hat«, erzählte Blackwood. »Wir haben damals etliche Mitarbeiter der Designabteilung verloren, die Morgana besonders bedrängt haben. Seither wissen viele, dass die Bedeutung des Wortes unsterblich maßlos überschätzt wird.«

»Und Baal?«

»Dem gefällt sein neuer Look. Er meinte, nachdem er sich nun beruflich verändert habe und König der Hölle des Ostens geworden sei, müsse er auch entsprechend seiner neuen Position auftreten. Außerdem fand er es auch einfach ›geil‹, um ihn zu zitieren. Man kann sowieso sagen, dass die männlichen Wesen mit ihrem neuen Aussehen sehr viel zufriedener sind, als die weiblichen. Wir haben bei uns die Spiegel abgehängt, weil das ständige Gezetere und Wehklagen nicht mehr zu ertragen war«, sagte Blackwood, goss sich einen Macallan ein und fragte Morgana und Sturm, ob sie auch einen wollten. Sie wollten.

»Wir wissen übrigens, dass du der Schlüssel zum Tor bist, hinter dem die Großen Alten gefangen liegen. Und Sabira weiß das auch, deswegen ist sie hier aufgetaucht«, meldete sich Morgana zu Wort. »Du bist für Sabira und uns wertvoll. Denn du kannst das Tor nicht nur öffnen, sondern auch auf Dauer versiegeln. Bei der Kartenlegerin hast du gesehen, was geschieht, wenn Menschen auch nur in die Nähe der Großen Alten geraten. Sie ist nicht auf deine früheren Leben gestoßen, sondern auf die äonenalten Kreaturen. Die haben dann die Gelegenheit zu einem kleinen Plausch mit dir, dem Schlüssel, genutzt. Und jetzt sind sie noch hinter dem Tor gefangen. Du kannst dir sicherlich vorstellen, was passiert, wenn die erst richtig loslegen.«

»Unter einem kleinen Plausch verstehe ich aber etwas anderes«, bemerkte Sturm.

»Du schon, die nicht«, sagte Morgana.

Für Sturm war das mit der Doppelfunktion des Schlüssels eine gute Nachricht, denn jetzt musste er nicht mehr befürchten, dass Blackwood und Morgana ihn einfach umbringen würden, um das Problem zu beseitigen. Zwar war Blackwood sein Freund, und Sturm und Morgana waren einander nähergekommen, aber aus der Nähe lässt es sich eben auch einfacher töten. Es war ein beruhigter Sturm, der den Ausführungen von Blackwood lauschte.

»Wir müssen die Großen Alten aus dem Weg räumen. Denn sie vernichten das Leben und verschlingen überdies auch noch die Seelen, die dann einfach verschwinden. Aus unserer Sicht ist das Verschwendung von Ressourcen und das Ende unseres blühenden Geschäftes.«

Das also waren die Verteidiger der Menschheit, die keineswegs von altruistischen Motiven getrieben waren. Aber so etwas hielt bekanntlich dauerhafter als idealistische Beweggründe. »Darüber hinaus wollen sie die Macht übernehmen und uns verdrängen«, fuhr Blackwood fort. Das können wir natürlich nicht zulassen, zumal es noch ein anderes Beispiel für den beklagenswerten Mangel an ihrer Produktivität gibt.«

»Was kann das sein?«, wollte Sturm wissen.

»Der Große Alte Ghatanothoa beherrschte ein Königreich mit menschenähnlichen Wesen auf dem versunkenen Kontinent Mu. Jährlich wurden ihm zwölf Männer und zwölf Frauen geopfert, damit er seine Festung nicht verließ. Denn sein Anblick war so schrecklich, dass jeder versteinerte, der ihn sah, dabei aber über Äonen bei vollem Bewusstsein blieb«, erzählte Blackwood. »Du kennst die Statuen auf den Osterinseln? Alles Opfer von Ghatanothoa, ihre Gehirne sind noch immer aktiv und diese Wesen warten noch immer auf Erlösung. Sie haben gesehen, wie Mu versank und nur noch die Osterinseln als letzter Rest blieben. Was sind das für Möglichkeiten für eine veritable Terrorherrschaft? Verschenkt! Denn dafür muss man Präsenz zeigen, sich kümmern und nicht das ganze Jahr in seiner Festung hocken und sich bedienen lassen.«

Sturm würde die Steinfiguren auf den Osterinseln künftig mit anderen Augen sehen, das galt allerdings auch für seine Sichtweise auf Blackwood, für den in dieser Geschichte nur die Vergeudung der Möglichkeit zu einer noch schlimmeren Terrorherrschaft bedenklich war.

»Wenn ich das Georg-Manuskript richtig verstanden habe, scheinen mit Sabira aber noch andere Wesen aus den Abgründen zwischen den Welten zu ziehen«, meldete sich Sturm zu Wort. »Die Großen Alten sind wohl nicht das einzige Problem.«

»Sind sie auch nicht«, sagte Morgana. »Aber es sind die gefährlichsten Mächte in diesem Kampf gegen uns.«

»Wieso versucht sie dann erst jetzt, sie zu entfesseln?«, wollte Sturm wissen.

»Tut sie nicht«, bemerkte Morgana. »Sie hat es auch schon vorher versucht.«

»Bist du dabei?«, fragte Blackwood, dem das alles viel zu lange ging.

Sturm dachte nach. Der Seite der Seelenfresser und Vernichter des Lebens konnte er nun wirklich gar nichts abgewinnen. Aber die Seelenverwerter waren sicherlich auch mit Vorsicht zu genießen – zumal die Hölle nun wirklich keinen guten Ruf genoss. Allerdings galt das auch für Cthulhu und die anderen Großen Alten. Sturm war sich sicher, dass man mit Cthulhu und den Seinen nie ins Geschäft kommen konnte, während Blackwood & Co. eine Menge von Deals hielten, schließlich waren Verträge eine Spezialität der Hölle. Auf der einen Seite glühende Landschaften, wenn Cthulhu zuschlug, auf der anderen Seite blühende Landschaften, weil es für die Blackwood Inc. keinen Sinn machte, das Porzellan zu zerschlagen, von dem man noch essen wollte. Anders ausgedrückt, mit Blackwood & Co. gab es eine gemeinsame Zukunft, mit Cthulhu & Friends nicht, auch wenn die Menschen angeblich aus dem Blut der Großen Alten erschaffen wurden. Sturm hatte sich entschieden, er würde dabei sein, natürlich auch wegen Morgana.

»Ja«, sagte er, fuhr in die Redaktion, nahm noch ein paar freie Tage und reichte einen Urlaubsschein ein. Seine Esoterikserie war komplett und auch ansonsten lag nicht viel an. Er wurde also aktuell nicht wirklich gebraucht und in Hannover bahnte sich gerade eine ganz große Nummer an, die er bestimmt nicht verpassen wollte, nur weil er gerade aus beruflichen Gründen etwa mit einem Langweiler sprechen musste, der allein schon wegen der Ödnis, die er verbreitete, auf ewig in der Hölle schmoren würde. Von der Redaktion aus fuhr er erst mal nach Hause, Blackwood und Morgana konnten ihn ja jederzeit erreichen wollen.

Diana

Georg ging wie betäubt zurück zum Maulwurf. Er wusste, dass er mit Peter verabredet war, konnte ihn aber nicht entdecken. Schließlich stieß er auf dem Gehweg vor der Kneipe mit einer Frau zusammen.

»Pass doch auf«, fauchte sie ihn an.

Georg entschuldigte sich wortreich und musterte die Frau. Sie hatte lange blonde Haare, trug eine Armyjacke und einen langen Rock. Ihr Gesicht konnte Georg bei den Lichtverhältnissen nicht erkennen.

»Gehen wir rein?«, fragte er. »Ich gebe dir ein Bier aus.«

Sie nickte und folgte ihm in die Kneipe. Jetzt konnte Georg auch ihre Augenfarbe erkennen: braun. Er war beruhigt und sie kamen ins Gespräch.

»Ich komme gerade aus Aachen von einem riesigen Open-Air-Konzert«, erzählte die junge Frau. »Das war echt klasse.«

»Da war ich auch«, sagte Georg. »War wirklich super. Ich heiße übrigens Georg.«

»Ich bin Diana.«

»Sag mal, Diana, ist dir bei dem Konzert etwas sehr Ungewöhnliches aufgefallen?«

»Was war da nicht ungewöhnlich? Aber …« Sie stockte.

»Rede weiter«, ermunterte sie Georg.

»Wir waren in einer Gruppe da und haben alle einen sehr seltsamen Himmel gesehen, der aussah wie ... wie ... na ja, wie dreckiges Blut. Erst dachten wir, das wären vielleicht die Drogen. Aber er war wirklich da.«

»Ich habe ihn auch gesehen«, bestätigte Georg Dianas Beobachtungen. »Habt ihr auch zwei Frauen gesehen, die sehr seltsame Dinge getan und gesagt haben?«

»Nein, aber wir haben einen sehr seltsamen Satz gehört, der aus dem Festival von Mund zu Mund ging: ›Es ist nicht tot, was ewig liegt, bis dass die Zeit den Tod besiegt.‹ Was hat das zu bedeuten?«

»Nichts Gutes«, sagte ein sehr nachdenklicher Georg. »Wirklich überhaupt nichts Gutes.«

»Muss ich mir Sorgen machen?«, fragte Diana.

»Wir müssen uns alle Sorgen machen«, sagte Georg.

»Aber nicht jetzt«, entschied Diana. »Lass uns den Abend genießen.«

Georg teilte Dianas Meinung. Um Cthulhu, Azathoth und dreckige Himmel konnte er sich auch noch später kümmern. Bei den uralten Wesen kam es bestimmt nicht auf die Minute an, bei Diana schon. Später gingen sie zusammen in die Wohnung von Diana, die sie sich mit einer Freundin teilte. Als Georg erwachte, stand keine dunkle Vampirprinzessin vor ihnen und seine blonde Schönheit war immer noch in einem Stück. Georg beschloss, das auf der Stelle auszunutzen, und sie machten dort weiter, wo sie gestern Nacht aufgehört hatten. Schließlich gingen sie in die Küche, um zu frühstücken. Georg folgte ihr. Er trug seine Jeans, sein T-Shirt hatte sich Diana geschnappt. Sonst trug sie nur noch ihr Höschen, was ihm die Möglichkeit bot, ihre langen nackten Beine und ihren wirklich erstklassigen Hintern zu mustern. Georg folgte ihr und bekam schon wieder Appetit.

Am Küchentisch saß eine junge Frau mit langen schwarzen Haaren, die an einer Zigarette zog.

»Hallo Thekla, das ist Georg«, stellte Diana die beiden einander vor.

»Jetzt sehe ich dich auch mal, gehört habe ich dich ja schon öfter heute Nacht«, bemerkte Thekla.

»Hör gar nicht hin, die ist nur neidisch«, behauptete Diana schnippisch.

Georg bezweifelte das ernsthaft. Theklas bleiche Haut stand im auffallenden Kontrast zu ihren blutroten Lippen, ihre fein geschnittenen Züge, umrahmt von der schwarzen Mähne, gaben ihr das Aussehen eines sehr schönen, aber doch etwas düsteren Engels. Sie würde mit einiger Sicherheit einen bleibenden Eindruck auf die Männerwelt machen.

»Bedeutet Thekla nicht ›die von Gott Gerufene‹?«, wollte Georg wissen.

»Fragt sich nur, von welchem Gott«, sagte Diana.

»Ist das nicht immer die Frage, meine Liebe?«, bemerkte eine sichtlich amüsierte Thekla, stand auf und verließ die Küche, was Georg ein zweites Mal die Gelegenheit bot, endlos lange Beine und einen erstklassigen Hintern zu bewundern.

»Thekla hält sich für etwas Besonderes, seit ihr ein indischer Geisterseher auf einem Asientrip erzählt hat, dass sie die Reinkarnation der Göttin Anat aus Kanaan ist«, erklärte Diana. »Die war dort als Göttin für Liebe und Krieg zuständig – für große Emotionen und große Gemetzel –, schlachtete ganze Städte hin, badete im Blut der von ihr Getöteten und machte sich dann hinterher mit sehr großem Aufwand wieder hübsch. Und sie hatte eine wirkliche Vorliebe für bizarren Schmuck: Sie benutzte dafür gern die abgeschlagenen Hände und Köpfe der von ihr Dahingemetzelten.«

So eine Göttin hätte Georg jetzt gerade noch gefehlt. Aber, was wusste schon ein indischer Geisterseher?

Das hier war definitiv einer der heißesten Plätze in Hannover und das zählte. Da ahnte Georg nicht, wie heiß dieser Platz noch werden sollte.

Aber es war auch so ein heißer Sommer in der Stadt. Diana schlug vor, an die Kiesteiche zu fahren, wo sich die jungen Menschen der Stadt zum textilfreien Baden trafen. Sie stiegen in Dianas rote Ente und wollten losfahren, als Georg das frische Graffiti an der Wand bemerkte und erschrak.

Ph'nglui mglw'nafh Cthulhu R'lyeh wgah'nagl fhtagn.

Georg kannte die Bedeutung von Sabiras Zettel:

»In seinem Haus in R'lyeh wartet träumend der tote Cthulhu.«

»Was hast du?«, fragte Diana.

»Nichts«, antwortete Georg und hoffte, dass es nicht noch mehr solcher Zeichen geben würde. Seine Hoffnung sollte sich nicht erfüllen.

Hell's bells

Sturm wurde durch den Klang einer mächtigen Glocke aus seiner Lektüre gerissen. Es war »Hell's bells« von AC/DC und es kam von seinem Handy, obwohl er diesen Klingelton nie eingestellt hatte. Er nahm den Anruf entgegen und hörte die freudige Stimme Morganas:

»Hallo, mein Schatz, mach dich fertig. Ich komme dich holen.«

Das konnte ja heiter werden. Es klingelte an seiner Tür, und Sturm verließ seine Wohnung. Als er auf den Gehweg trat, sah er dort Morgana am Steuer einer Citroën DS – französisch »Déesse« ausgesprochen, was Göttin bedeutet.

»Warum dematerialisierst du dich nicht einfach, wie sonst auch?«, fragte Wolf.

»Ich wollte dir einmal mein Auto zeigen. Eine Göttin für eine Göttin.«

Sie fuhren schweigend durch das nächtliche Hannover zum Stadtfriedhof Engesohde, dem ältesten kommunalen Friedhof der Stadt, stiegen aus und setzten ihr Gespräch zwischen Mausoleen und Engelstatuen fort.

Morgana fand zunächst offenbar, dass es angesichts der Engelsfiguren Zeit für einen kleinen Monolog war:

»*Wer, wenn ich schriee, hörte mich denn aus der Engel Ordnungen? Und gesetzt selbst, es nähme einer mich plötzlich ans Herz: ich verginge von seinem stärkeren Dasein. Denn das Schöne ist nichts als des Schrecklichen Anfang, den wir noch grade ertragen, und wir bewundern es so, weil es gelassen verschmäht, uns zu zerstören. Ein jeder Engel ist schrecklich.«*

»Ist das nicht von Rilke?«, fragte Sturm.

»Sagen wir, er hatte die tatkräftige Unterstützung einer Muse«, antwortete Morgana mit verheißungsvoller Miene. »Wir werden jetzt einen kleinen Ausflug machen.«

Sturm hoffte, dass sie damit nicht eines der Mausoleen als finales Reiseziel meinte.

»Ach was«, bemerkte seine Vampirprinzessin. »Wir werden jetzt einen Blick in die Vergangenheit werfen.«

»Und warum sind wir auf dem Friedhof?«

»Weil das Mausoleum da vorn eine Art Zeittor ist«, sagte Morgana und zeigte auf ein Grabmal.

»Für eine Reise in den Tod?«, fragte Sturm.

»Sei nicht albern, dir wird schon nichts passieren. Ich komme auch mit.«

Sturm beschloss, ihr einfach zu vertrauen. Es ergab ja auch nicht wirklich Sinn, wenn sie ihn jetzt umbrachte. Aber, dass etwas keinen Sinn ergab, hieß noch längst nicht, dass es nicht trotzdem geschah.

Als Morgana und Sturm das Mausoleum betraten, aktivierten sie einen Mechanismus. Mit einem Flirren entstand in der Mitte des Grabmals ein großes Hologramm, das den gesamten Innenraum des Mausoleums ausfüllte. Sturm sah lange Reihen von metallischen Behältern mit gläsernen Abdeckungen. Sie wirkten wie gigantische Einmachgläser mit einem perversen Inhalt. Er entdeckte einen menschenähnlichen Körper mit dem Kopf eines Kraken. Statt eines Gesichts hatte das Wesen ein Gewirr von Tentakeln. Auf seinem Rücken entfalteten sich lange, schmale Flügel. Es sah aus wie ein kleinerer Cthulhu. Aber auch dieser Anblick reichte schon, dass Sturm erschreckt zurückfuhr, während sein Herz raste.

Sturm bemerkte Brücken, die sich im Innern eines Raumschiffs zwischen bizarren turmähnlichen Erhebungen mit schwarzen Auswüchsen spannten. Schließlich zeigte das Hologramm eine Art Kommandozentrale, über deren durchsichtiger Kuppel er das Weltall sah. In der Ferne entdeckte Sturm einen Planeten mit Ozeanen und zwei gewaltigen Kontinenten, einer im Norden und einer im Süden. Er hatte das schon einmal in einem Vortrag über die prähistorische Erde gesehen. Der Nordkontinent hieß Laurasia und der Südkontinent Gondwana. Das hier war die Erde vor rund dreihundert Millionen Jahren.

Dann sah er den Sessel vor dem Steuerpult des Raumschiffes in der Kommandozentrale mit einer mächtigen Rückenlehne, die den darin Sitzenden verbarg. Langsam drehte sich der Sessel in seine Richtung. In ihm thronte Cthulhu. Sturm taumelte hilflos vor der Aura dieses uralten Bösen zurück, obwohl es nur eine Projektion war. Eine übermächtige Furcht fraß sein Herz und höhlte ihn von innen aus. Von ihm würde nur eine leere Hülle aus purer Pein zurückbleiben.

»Keine Angst«, hörte er Morganas Stimme. »Das ist nur ein Hologramm. Er kann dich nicht sehen.«

Neben Cthulhu stand eine Frau mit langen blonden Haaren, die Sturm bekannt vorkam. Er hatte sie schon einmal in Blackwoods Arbeitszimmer gesehen. Ihre Augen hatten die Farben des Feuers und der Hölle. Es war eindeutig Sabira.

»Willkommen in R'lyeh«, kommentierte Morgana die Szenerie. »Du wirst Zeuge von nichts Geringerem als der Landung der Flotte der Großen Alten auf der Erde. Die R'lyeh ist Flaggschiff und fliegende Stadt Cthulhus, ihrem Hohepriester.«

Sturm sah eine vorgeschichtliche Invasion aus dem All. Und die Invasoren waren gottähnliche uralte Böse, die wirkten, als hätten die menschlichen Urängste Gestalt angenommen. In diesem Augenblick spielte sein Magen nicht mehr mit. Er würgte, erbrach aber nicht, weil der Boden in dem Hologramm plötzlich mit roten Augen bedeckt war, die ihn gierig zu mustern schienen.

»Die schlafenden Wesen in den Behältern sind Cthulhus Bodentruppen – das Sternengezücht«, hörte er Morgana sagen, während er sich damit Hoffnung machte, dass auch die roten Augen ihn ziemlich sicher nicht sehen konnten. Er war ja nicht wirklich Teil der Szenerie, sondern betrachtete sie nur.

»Die R'lyeh ist übrigens dieses Raumschiff, in dem der tote Cthulhu später träumend warten wird«, erklärte Morgana Sturm, der gerade mit aller Mühe versuchte, irgendwie klarzukommen. »Die Stadt R'lyeh, wie sie im Mythos beschrieben wird, hat es nie gegeben.«

Doch plötzlich wurde Sturms Aufmerksamkeit abgelenkt. Fremde, stromlinienförmige Raumschiffe, die wirkten wie ein Schwarm silbriger Raubfische, näherten sich. Als sie das Feuer eröffneten, erwachte die Flotte der Großen Alten zum Leben.

Die Szene löste sich in einem Flimmern auf, das Hologramm verschwand. Das Mausoleum auf dem Engesohder Friedhof war wieder ein ganz normales Grabmal, in dem Morgana und Sturm nebeneinander standen.

»Die R'lyeh ist also keine Stadt, wie in der Mythologie beschrieben, sondern ein Raumschiff«, sagte Sturm.

»Das macht es ja so gefährlich. Es ist das Flaggschiff der Flotte der Großen Alten sowie Cthulhus fliegende Stadt und der tote Cthulhu träumt an Bord«, entgegnete Morgana. »Und wenn er erwacht, haben wir nicht nur einen schlecht gelaunten gottähnlichen Außerirdischen am Hals, sondern einen außerordentlich gut bewaffneten, schlecht gelaunten gottähnlichen Außerirdischen.«

»Wer waren die Angreifer in den silbernen Raumschiffen?«, wollte Sturm wissen.

»Weißt du«, antwortete eine bestens gelaunte Morgana, »ich habe keine Ahnung.«

»Weißt du, ich glaube dir kein Wort.«

»Ich kann dich sehr gut verstehen«, bemerkte Morgana. »Komm, ich fahr dich wieder nach Hause.«

Wieder zu Haus schenkte Sturm sich zuerst einen sehr großzügig bemessenen Malt ein – es können auch zwei gewesen sein – und griff dann nach dem Georg-Manuskript.

Graffitis

Ph'nglui mglw'nafh Cthulhu R'lyeh wgah'nagl fhtagn, las Georg an vielen Wänden auf den Weg zu den Kiesteichen.

Als Georg das Autoradio andrehte, hörte er auf NDR 2 einen Satz, gesprochen mit düsterer Autorität von einer einzelnen Stimme:

»Cthulhu R'lyeh fhtagn.«

»Diana, hast du das eben auch gehört?«, wollte ein aufgekratzter Georg wissen.

»Ja, aber was ist an einem Wetterbericht so besonders?«

»Cthulhu R'lyeh fhtagn«, hörte Georg ganz deutlich und wusste, was das bedeutete. »Cthulhu träumt in R'lyeh.«

Der Satz klang wie ein Mantra, das ständig wiederholt wird. Georg war sich sicher, dass das eine Beschwörungsformel war.

Dann hörte er ganz deutlich:

»Ph'nglui mglw'nafh Cthulhu R'lyeh wgah'nagl fhtagn.«

Und darauf als vielstimmige Antwort:

»Ia!Ia! Cthulhu fhtagn. Ja! Ja! Cthulhu träumt!« Dann erklang wieder die einzelne Stimme:

»Cthulhu R'lyeh fhtagn.«

Schließlich war ein sehr getragen klingendes Lied mit einem Chor zu hören:

»Death to the World. Cthulhu's come.«

»Warum bist du nur so angespannt?«, fragte Diana.

»Hörst du diesen Song?«

»Klar. ›Sympathy for the devil‹.«

»Nicht ›Death to the World. Cthulhu's come‹?«

»Was ist bloß los mit dir?« Diana wirkte besorgt und dann sagte sie etwas, das auch Georg besorgt sein ließ. »Jetzt wird gerade ›Die Litanei des Satans‹ vorgetragen. Es ist wahr: Abyssus abyssum invocat.«

»Die Hölle ruft die Hölle«, übersetzte Georg den lateinischen Satz. »Warum hast du das gesagt?«

»Ganz einfach, wegen ›Sympathy for the devil‹.«

»Ruft dich die Hölle?«, wollte Georg wissen.

»Na klar«, antwortete sie sichtlich amüsiert. »Wen nicht?«

»Mich nicht«, sagte Georg abwesend und sehr leise. »Mich ruft ein viel tieferer Abgrund.« Ihm wurde kalt, mitten im Sommer in einer heißen Stadt.

Als sie an den Kiesteichen ankamen, war Georg nicht nach Baden zumute. Stattdessen legte er sich in den Schatten unter einem Baum, holte ein Heft aus seiner Badetasche und schrieb etwas für Diana:

Und wir tranken den Ozean, Wellen und Salz
In dieser Nacht, als du, gekleidet wie eine Göttin
In Haut und Duft durch den Raum gingst
Zu unserem Altar aus Stoff und altem Holz aus dem Meer

Und als wir opferten, ohne aufzugeben
Öffnete sich der Himmel Einen Tag und eine Nacht
Er blieb offen
Eine Stunde und eine Ewigkeit
Die Götter lieben den Himmel
Und die, die ihn öffnen
Reisende, die alles sehen
Den Himmel, die Götter und die Menschen Pilger der Schönheit
Vollkommen und verdammt
Bis sich die Himmel öffnen Wie eine Göttin
In Haut und Duft
Auf einem Altar aus Stoff und altem Holz aus dem Meer
Wie ein Ozean

»Das ist sehr schön«, sagte Diana. »Ich wusste gar nicht, dass du so schön schreiben kannst.«

»Das wusste ich auch nicht. Und bisher konnte ich das auch nicht.«

»Vielleicht bist du ja deiner Muse begegnet«, vermutete Diana.

Georg vermutete, dass es vielleicht sogar zwei Musen waren. Mit Verblüffung entdeckte er ein zweites Gedicht auf seinem Notizblock:

Ich habe Dein Meer gesehen, sanfte Wellen zwischen Klippen aus Fleisch
Und doch brüllender Ozean, als ich tauchte mit raschem Stoß

Ich liebe Deine Tiefe und die Bewegung, deren Herrin Du bist, und die mich zieht bis auf den Grund Deines Tempels
An den Wänden der Höhle alte Zeichen der Macht
Ich weiß, wer Du bist
Ich sah Kontinente versinken in Deinem Meer
Ich sah, wie Schiffe dem Lied der Sirene folgten in tödlichem Sog
Ich sah Dich mit aufgelöstem Haar vor Troja und deinen Tanz auf dem Kadaver des Achill
Schön sind deine Fesseln gekleidet in frischem Rot
Schön die Hände an Deinem Gürtel
Schön die abgeschlagenen Köpfe, wie Perlen aufgereiht um Deinen Hals an geflochtenen Schnüren
Du in der Heiterkeit der Wölfin
Ich im Tanz mit dir
bis sich weiße Lava mischt mit salziger Flut als hätte es niemals den Tod gegeben
Liebende, die ein Kontinent vereinigt
Ich Deine Verehrung
Ich Tod in Deinem Auftrag
Ich Dein Mörder

Georg war sich ziemlich sicher, dass das nicht für Diana bestimmt war.

Das war Sturm auch. Welche Frau schmückte sich schon so offen mit abgeschlagenen Händen und Köpfen? Auch Tänze auf Kadavern fanden nicht alle romantisch. Es sei denn, sie hielten sich für die Reinkarnation der Göttin Anat. Sturm nahm die Lektüre wieder auf.

Als sich die beiden abends in Richtung »Milli Vanilli«, eine Disco mit viel Musik und noch mehr Drogen in Sichtweite der Marktkirche aufmachten, gab es keine Cthulhu-Graffitis mehr an den Wänden, die Georg noch auf der Hinfahrt gesehen hatte. Darüber war er sehr verwundert.

Vor dem »Milli Vanilli« standen aufgereiht die Dealer und boten ihre Ware an. Diana und Georg entschieden sich für LSD-Trips von der Humboldt-Universität aus Ostberlin und nahmen auf Verdacht auch noch einen für Thekla mit. Sie würden sie später einwerfen, gingen jetzt erst aber einmal tanzen. Aus den Lautsprechern auf der Tanzfläche dröhnte »In-A-Gadda-Da-Vida« - ein Rockstück von Iron Butterfly. Sie schüttelten ihre langen Haare im abgehackten Licht des Stroboskops. An die Wand wurden Blubberblasen in psychedelischen Farben projiziert.

Anschließend gingen sie noch in den Keller, um zu flippern, was sich als recht einfach erwies, weil die Flipper kein Deckglas mehr hatten. Alkohol wurde nur sehr wenig getrunken. Eine Ausnahme bildete allerdings ein Jungkoch, der sich später in der hannoverschen Edelgastronomie einen Namen machen sollte. Im »Milli« lief er - aufgrund seines Lieblingsgetränkes - unter dem Namen »Asbach«.

Nachdem sie ihre Dosis Milli gehabt hatten, machten sie sich auf den Weg zu Dianas Wohnung. In der Küche saß Thekla am Tisch und drehte einen Joint.

»Ich habe schon auf euch gewartet«, sagte sie. »Ich habe etwas sehr Unheimliches erlebt. Als ich heute durch die Stadt ging, sah ich überall Graffitis an den Wänden. Hier, ich hab's aufgeschrieben *Ph'nglui mglw'nafh Cthulhu R'lyeh wgah'nagl fhtagn*, stand da. Was bedeutet das?«

»In seinem Haus in R'lyeh wartet träumend der tote Cthulhu«, übersetzte Georg.

»Und auf NDR 2 schien so etwas wie eine Cthulhu-Sondersendung zu laufen. Ich habe den Namen dort oft gehört. Es klang wie eine Beschwörung.«

»Diana hat zur gleichen Zeit den Wetterbericht, ›Sympathy for the devil‹ und ›Die Litanei des Satans‹ im Radio gehört«, bemerkte Georg, der spürte, wie der Schrecken nach ihm griff. »Das hat sie jedenfalls gesagt.«

»Vielleicht gab es für jeden das Programm, das er hören wollte und sollte«, schlug Diana vor. »Ich habe neulich einen Bericht über Mediennutzung im 21. Jahrhundert gelesen. Dann soll so etwas zum ganz normalen Angebot gehören.«

»Ich bezweifle sehr stark, dass es dann die Wahl zwischen Radio Hölle und Radio Alien-Abgrund geben wird«, bemerkte Georg.

»Möglicherweise gibt es dann keine Wahl mehr, weil nur noch ein Programm sendet«, bemerkte Diana nachdenklich.

»Über Cthulhu habe ich etwas bei Lovecraft gelesen«, meldete sich Thekla zu Wort. »Aber ich habe noch nicht alles erzählt. Auf meinem Rückweg waren die Cthulhu-Graffitis an den Wänden komplett verschwunden. Was ist da passiert?« Thekla wirkte sehr verwundert und sehr ratlos, als sie das fragte.

»Wir haben einfach ein bisschen sauber gemacht«, hörte Georg Morganas Stimme in seinem Kopf. »Und da wir schon einmal dabei waren, haben wir auch die Graffitiproduzenten und andere Anhänger des Cthulhu-Kults gleich mit entsorgt. Es waren ziemlich viele, die sich kurz vor ihrem Tod davon überzeugen konnten, dass nicht nur Cthulhu für Schrecken steht. Wir haben da auch einiges zu bieten. Was die Beseitigung der Leichen angeht: Die U-Bahn-Baustellen in der Stadt sind da wirklich sehr praktisch. Wenn das so weitergeht, wird die U-Bahn in Hannover noch zum längsten Friedhof der Welt. Sag mal, Georg, was du da vorhin im Radio gehört hast ... Muss ich mir vielleicht Sorgen um dich machen?«, fragte sie mit drohendem Unterton.

»Nein«, dachte Georg.

»Dann ist ja gut«, kommentierte Morgana.

»Hör gar nicht erst auf sie«, meldete sich jetzt auch Sabira zu Wort. »Die gibt doch nur mal wieder an. Die Graffiti waren mit einer Farbe geschrieben, die sich von allein wieder auflöst. Das ist doch wirklich ein Klasseeffekt, der die ganze Sache erst so richtig mysteriös macht. Aber in einem hat Morgana recht: Hannovers U-Bahn ist gerade auf dem Weg, der längste Friedhof der Welt zu werden. Fragt sich nur, wer da im Untergrund zusteigt und auf seine letzte Fahrt in Dauerschleife geht … Mal etwas ganz anderes: Diana sieht wirklich hübsch aus.«

»Nichts gegen Thekla«, mischte sich Morgana ein. »Ich glaube, ihr würde bestimmt dein anderes Gedicht gefallen.«

Georg musterte Diana und Thekla und konnte sich beim besten Willen nicht entscheiden. Aber wie sich herausstellen sollte, musste er das heute Nacht auch gar nicht. Nachdem sie den Joint geraucht hatten, waren die beiden Frauen der Meinung, dass man sich doch auch zu dritt ins Bett legen konnte. Warum nicht? Jedes Experiment war willkommen, und es gab so gut wie keine Grenzen. »Tu, was du willst, soll sein das ganze Gesetz«, war die Maxime, nach der man lebte – es waren Aleister-Crowley-Zeiten.

Georg träumte in dieser Nacht seinen Traum aus schwarz und blond. Und als sie später die Trips einwarfen, verschmolzen sie zu einem ganz neuen Wesen, das einen gemeinsamen Traum für sie alle träumte. Gegen Morgen versuchten sie kichernd, das Geschöpf zu entwirren, zu dem sie geworden waren. Es gelang ihnen nicht und dann vergaßen sie lachend, dass sie einmal voneinander getrennt gelebt hatten.

Als Georg gegen Abend aufwachte, lag er allein im Bett, hörte aber Geräusche aus der Küche. Die beiden Frauen tranken Kaffee, rauchten Zigaretten und boten Georg beides an. Dann machten sie dort weiter, wo sie in der Nacht aufgehört hatten. Georg vergaß Sabira und Morgana, mit ihnen den Krieg der Götter, Dämonen, Todesfeen und einiger wirklich unerfreulicher Wesen aus den Tiefen des Abgrunds zwischen den Welten. Als er bei Diana und Thekla einstieg, stieg er aus dem Krieg aus.

Aber so ging man natürlich nicht mit Göttinnen um...

Als Georg einschlief, war er besoffen vor Glück und schlagartig wieder nüchtern, als er erwachte. Diana und Thekla waren nicht mehr im Bett und davor standen dafür Sabira und Morgana.

»Wo sind die beiden?«, fragte ein ängstlicher Georg und ahnte Schlimmes. Morgana und Sabira traute er alles zu. Er sollte mit seinen Ahnungen recht behalten.

»Die, ach, die sind U-Bahn fahren«, erwiderte Sabira und lächelte böse.

»Du glaubst doch wohl nicht, dass du einfach so aussteigen kannst«, ergänzte Morgana und trat gleichzeitig den Beweis an, dass auch sie sehr böse lächeln konnte.

An den U-Bahn-Bau erinnerte sich Sturm gut. In Teilen Hannovers wurde in den 1970er Jahren massiv für die unterirdischen Strecken gebuddelt, der größte Teil der Linien blieb allerdings oberhalb der Erde, was dazu führte, dass in Hannover das Gesamtergebnis nicht U-, sondern Stadtbahn genannt wird. Während der Bauzeit klaffte etwa am Kröpcke, dem zentralen Platz in Hannovers Innenstadt und früher eines der bevorzugten Jagdgebiete des Massenmörders Fritz Haarmann, ein tiefes Loch. Unter dem Hauptbahnhof wurde nicht nur die U-Bahn gebaut, dort entstand auch noch gleich eine Fußgängerzone in der Unterwelt – die damalige Passerelle. Die regen Bautätigkeiten im Untergrund schufen offenbar reichlich Platz für Sabiras und Morganas Probleme mit eventuell anfallenden Leichenbergen.

Sturm fiel ein, dass er in der Nähe des Hauptbahnhofs noch immer eine ungelöste Frage offen hatte, und erinnerte sich an Meckis Bar.

Meckis Nachtklub war ein Ort für ungewöhnliche Fragen, wie die einer Dame vom ältesten Gewerbe der Welt an Sturm: »Ich bin unten gepierct. Willst du mal sehen?« Diese Frauen kamen gern nach Schichtschluss zu Mecki – und so hatte diese Frage vielleicht keinen unmittelbaren dienstlichen Hintergrund. Auf jeden Fall wollte Sturm einfach nicht mehr einfallen, was er damals geantwortet hatte.

Höllen-Ranking

»Das wäre eine schöne Möglichkeit für dich gewesen, es auch einmal mit der Wahrheit zu versuchen«, hörte Sturm Morgana, die so urplötzlich aufgetaucht war, wie es ihre Art war. »Dass du dich nicht mehr an die Beantwortung der Frage erinnern kannst, ob du das Piercing sehen wolltest, glaubt dir doch keiner und ich schon gar nicht.«

»Willst du damit sagen, dass ich es nicht so genau mit der Wahrheit nehme?«, wollte Sturm wissen.

»Stammt von dir nicht die Aussage: Die Wahrheit ist ein viel zu kostbares Gut, um sie durch ständigen Gebrauch abzunutzen?«, erwiderte sie. »Ich meine, du bist Journalist ...«

»Komm«, sagte Sturm, »du übertreibst. Es gibt immerhin einen journalistischen Ehrenkodex.«

»Kenn' ich und kennst du auch das Sprichwort: ›Der Weg zur Hölle ist mit guten Vorsätzen gepflastert‹? Wenn ein Ehrenkodex wirklich helfen würde, wären wir nicht so gut mit Journalisten ausgelastet.«

»Politiker sind in Umfragen noch unbeliebter als Journalisten«, warf Sturm ein.

»Auch bei Politikern ist ›der Weg zur Hölle mit guten Vorsätzen gepflastert‹ «, bemerkte Morgana. »Und weil die noch mehr für den Verfall der Moral tun als

Journalisten, haben wir so etwas wie einen Gruppenvertrag für Politikerseelen abgeschlossen, die rücken en bloque bei uns ein – eine Ausnahme sind die ehrenamtlichen Kommunalpolitiker. Bei allen anderen hat die Rechtsabteilung des Himmels ausdrücklich auf Einzelfallprüfung verzichtet. Das gilt natürlich auch für die weiteren in Hinsicht auf hemmungslosen Raubbau an Werten und Ethik spezialisierten Berufe.«

»Auch Banker landen auf der Beliebtheitsskala regelmäßig weit unten«, bemerkte Sturm.

»Nicht auf unserer internen Beliebtheitsskala«, sagte Morgana. »Da stehen Banker und Politiker regelmäßig weit oben, und sie arbeiten häufig ja auch gut zusammen. Im Ranking der Hölle sind Banker und Politiker wahre Champions, die oft mehr für unsere Sache leisten als der Teufel und alle Dämonen.«

Aber es gab auch Ereignisse, die einiges für die Sache des Teufels und der Dämonen in Hannover taten, erfuhr Sturm von Morgana.

»Als während der Chaostage von 1995 Punks, Autonome und Hooligans die Stadt zerlegten, zog das natürlich noch zusätzlich Dämonen an, die sich dann gleich in der Stadt wohnlich einrichteten, schließlich waren andere Horden auch schon hier, die sich um die Neuankömmlinge kümmerten, oder zumindest das taten, was Dämonen unter ›sich kümmern‹ verstehen«, erklärte sie ihm.

»Ich kann mich noch gut daran erinnern, dass damals die Chaoten aus ganz Europa anreisten, um mitzumischen«, entsann sich Sturm. »Damals hat es Hannover auf die Titelblätter der internationalen Presse geschafft.«

Ein noch deutlich größeres Ereignis war die Weltausstellung in Hannover: Als die im Jahr 2000 unter dem Motto: »Mensch, Natur und Technik – Eine neue Welt entsteht« stattfand, veranstaltete die Unterwelt gleichzeitig in den Zwischenwelten auf dem Gelände ihre eigene Expo unter dem Leitgedanken: »Dämon, Natur und Technik – Eine neue Welt entsteht.«

»Und bei uns stimmten auch die Besucherzahlen, ganz im Gegensatz zu eurer Weltausstellung, schließlich wollten die Dämonen die Stadt mit dem Zeichen des Teufels an ihrer Hauptkirche sehen«, erläuterte Morgana das erfolgreiche Tourismuskonzept der (Unter-)Weltausstellung. »Ein vergleichbares Zugpferd mit belebender Wirkung für den Fremdenverkehr konnte die Menschen-Expo nicht bieten.«

Was für die Dämonen auch sehr anziehend war, war die Nähe von so vielen Menschen auf dem Gelände, mit denen sie ihre rustikalen Späße treiben konnten.

»Was meinst du, wer zum Beispiel die Bratwurst für umgerechnet fünf Euro verkauft hat und damit gleich am Anfang der Expo bundesweit für Negativschlagzeilen sorgte? Potenzielle menschliche Besucher haben sich gedacht, wenn es da so teuer ist, fahren wir erst gar nicht hin. Das war ein Riesenspaß für uns«, sagte Morgana und lieferte Sturm damit nach all den Jahren eine plausible Erklärung für diese Geschichte.

»Viele Dämonen blieben dann gleich in Hannover und verstärkten unsere Bataillone mit ihrer erheblichen Kampfkraft«, fuhr Morgana fort. »Aus der Sicht der Hölle war die erfolgreiche Expo-Nachnutzung nie ein Thema gewesen.«

Sie plauderten noch ein bisschen und dann verschwand Morgana in dem Sturm mittlerweile vertrauten Flimmern. Sturm war putzmunter und beschloss, sich noch einmal das Georg-Manuskript vorzunehmen.

Global Player

»Wieso hackt ihr euch eigentlich nicht gegenseitig in Stücke oder so was?«, wollte Georg wissen. »Ich dachte, das wäre eure spezielle Form der Kommunikation untereinander ...«

»Das kann auch langweilig werden«, erwiderte Sabira.

»In Aachen seid ihr aber noch ganz anderer Meinung gewesen«, sagte Georg. »Und das ist noch gar nicht so lang her.«

»Wir dachten, du brauchst das und würdest das auch gern sehen«, erklärte Morgana.

»Und was ist mit dem angeblichen Krieg zwischen euch?«, fragte Georg. »Gibt es den überhaupt?«

»Natürlich gibt es diesen Krieg. Aber deswegen müssen wir uns ja nicht völlig unzivilisiert aufführen«, antwortete Sabira.

»Morgana hatte dir in Aachen den Kopf abgeschnitten«, erinnerte Georg sie.

»Und ich hatte zuvor unter anderem dafür gesorgt, dass sie auf dem Scheiterhaufen brennt«, sagte Sabira. »Das gehört alles dazu.«

»Das ist unmenschlich«, protestierte Georg.

»Sei nicht albern«, konterte Morgana. »Wir sind keine Menschen. Außerdem: Scheiterhaufen wurden auch von Menschen aufgerichtet. Du glaubst doch nicht, dass Sabira das Holz für mich persönlich aufgestapelt und ihre Hände schmutzig gemacht hat … Und über das Abschneiden von Köpfen in der Menschheitsgeschichte brauchen wir ja wohl erst gar nicht zu reden.«

»Aber Sabira und was mit ihr zieht vernichten ganze Welten. Morgana, das hast du selbst gesagt«, bemerkte Georg.

»Natürlich tun sie das«, erwiderte Morgana. »Was uns stört, ist, dass sie damit unser Geschäftsmodell torpedieren. Gegen Wettbewerb wäre ja nichts einzuwenden, die Hölle liebt den Wettbewerb, aber die sind letztlich einfach nur auf Zerstörung aus. Darauf kannst du keine Ordnung aufbauen, in der nachhaltige Geschäftsmodelle laufen können.«

»Was ist euer Geschäftsmodell?«, wollte Georg wissen.

»Seelen«, erwiderte Morgana. »Wir kaufen und verwerten Seelen. Mit etlichen ihrer Träger kommen wir allerdings auch ganz ohne Bezahlung ins Geschäft. Die drängen sich durch ihren Lebenswandel von selbst auf.«

»Warum Seelen?«, fragte Georg.

»Zum Teil ist es natürlich Nostalgie. Wir sind schon ziemlich lange als Global Player im Seelengeschäft unterwegs. Mittlerweile hat es sich erwiesen, dass Seelen unter anderem ganz hervorragende Energieträger sind, die überdies stets nachwachsen. Damit sind wir im Geschäftsfeld der erneuerbaren Energien. Aber mit Seelen lässt sich noch mehr anfangen.«

»Du hast gesagt, ihr verwertet Seelen. Wie macht ihr das?«, fragte Georg.

»Du weißt, dass Engel keine Seelen haben, aber so scharf darauf sind, dass es deswegen sogar einen Aufstand gegen Gott gab«, antwortete Morgana. »Wir können ihnen da helfen.«

»Ihr gebt ihnen aber nie eine komplette Seele, sondern immer nur Teile«, meldete sich Sabira. »Das macht die Engel auf Dauer zu Süchtigen.«

Sturm erinnerte sich daran, dass er erst kürzlich vor Blackwoods Haus einen heruntergekommenen Mann mit geröteten Augen und zitternden Händen im zerknitterten Trench gesehen hatte, der dort herumlungerte.

»Morgana und die Ihren sind so etwas wie die Dealer der himmlischen Heerscharen und sie liefern Angel Dust für Seelen-Junkies mit Flügeln«, übernahm Sabira. »Da die Engel aber auch Gottes Boten sind, haben sie damit auch das himmlische Kommunikationssystem so gut wie lahmgelegt. Selbst, wenn Gott immer noch die Apokalypse wollte, sie könnte nicht stattfinden. Die sieben Engel, die mit ihren Posaunen das Startsignal dazu geben müssen, können das nicht mehr, weil sie in ihren Posaunen lieber mächtige Portionen Angel Dust rauchen. Gott könnte natürlich dagegensteuern, indem er seine Seelen auf den Markt wirft, aber er will aus ethischen Gründen nicht, dass sie von Engel-Junkies in Posaunen geraucht werden.«

»Ist doch perfekt«, kommentierte Morgana Sabiras Ausführungen. »Auch diese unsterblichen Wesen im höheren Auftrag können, zumindest sinnbildlich, zu Engelsstaub zerfallen. Außerdem verwenden wir Seelen darüber hinaus noch als Energieträger. In ihnen ist so viel Power gespeichert, dass wir damit alle Energie-Probleme auch für unsere irdischen Wirtschaftsengagements problemlos lösen können. Der Vorteil ist, dass diese Methode völlig unschädlich für die Umwelt ist. Eine intakte Umwelt ist uns wichtig, weil nur so Seelen in nennenswerter Zahl nachwachsen. Damit haben wir einen Wettbewerbsvorteil, weil wir uns außerhalb der Märkte eindecken können. Auch damit kann Gott nichts anfangen, weil er aus grundsätzlichen moralischen Erwägungen uns alle Engagements in der Wirtschaft überlassen hat.«

»Ihr baut etwas auf und Sabira steht für komplette Zerstörung. Warum sollte sich irgendwer für Sabiras Seite entscheiden?«, fragte Georg.

»Wie sagte schon der große Anarchist Bakunin: Auch die Lust an der Zerstörung ist eine schöpferische Kraft.

Aufbau ist etwas für Langweiler«, antwortete Sabira wie ein Talentscout argumentierend, der vielversprechende neue Kräfte für die Sache der absoluten Zerstörung gewinnen wollte. »Außerdem können wir die Herrschaft über Reiche anbieten, die nicht von dieser Welt sind. Wir zerstören nicht jede Welt im Universum, zumindest nicht gleich. Zunächst beuten wir ihre Rohstoffe aus - ganz konventionell - und verkaufen die dann im großen Stil. Blackwoods erneuerbare Energien bringen Unruhe in den Markt und sind uns ein Dorn im Auge, weil er damit die Preise in seinem Einflussgebiet ruiniert.«

Georg war erschüttert, offenbar ging es hier um den Energiemarkt. Die Götter, Dämonen, Todesfeen und einige wirklich unerfreuliche Wesen aus den Tiefen des Abgrunds zwischen den Welten führten schlicht einen Handelskrieg, was Georgs strammer antikapitalistischer Haltung ziemlich zuwiderlief. Cthulhu und die Großen Alten sollten das Leben auf der Erde auslöschen, damit ungestört Rohstoffe im großen Stil geplündert werden konnten. Zusätzlich sollte die Vernichtung der Seelen Blackwood vom Markt fegen. Deshalb musste Cthulhu aus Sabiras Sicht wieder auferstehen, was Blackwood dagegen unbedingt verhindern musste.

»Außerdem stehen alle, die mit uns ziehen, letztlich auf der Seite der Sieger«, fuhr Sabira mit der Werbung für ihre Sache fort. »Wir sind die kosmische Internationale der Terrors, ein interstellarer Energiemulti, die On & Ex Inc. Was meinst du, was man bei uns für Karrieremöglichkeiten hat?«

Jetzt war Sturm endgültig klar, was hier gespielt wurde. Er fragte sich, wer alles schon Anrufe von Sabiras Headhuntern bekommen haben mochte und zugesagt hatte. Schließlich gab es immer ein Angebot, das man nicht ablehnen konnte oder auch wollte. Sturm bedauerte es wirklich, dass er solch einen Anruf nicht bekommen hatte. Wahrscheinlich hatten das Blackwood und Morgana verhindert.

Nachdem das geklärt war, drängte es Georg zu einer ganz anderen und sehr naheliegenden Frage:

»Sagt mal, habt ihr Diana und Thekla wirklich umgebracht?«

»Aber nein«, antwortete Sabira. »Wir wollten nur deine volle Aufmerksamkeit. Die beiden sitzen friedlich in der Küche. Schau doch mal nach ihnen.«

Georg machte sich auf den Weg und fand die beiden Frauen rauchend und Kaffee trinkend in ein aufgeregtes Gespräch vertieft, das sie sofort abbrachen, als sie ihn entdeckten.

»Da bist du ja«, begrüßten sie Georg mit einem seltsamen Unterton.

»War irgendetwas Besonderes los?«, fragte er.

»Das kann man wohl sagen«, antwortete eine sichtlich und hörbar aus der Fassung geratene Diana. »Wir wurden von zwei Frauen entführt, die sich als Sabira sowie Morgana vorstellten und von ihnen in eine U-Bahn-Baugrube gebracht, wo sie uns neben anderen Leichen begraben wollten.«

»In der einen Minute lagen wir noch im Bett, in der anderen waren wir schon in der Baugrube«, ergänzte eine ebenso fassungslose Thekla, die ihre Tränen nicht zurückhalten konnte und schluchzend fortfuhr. »Aber dann haben sie sich anders entschieden und uns am Stadtrand ausgesetzt und uns gesagt, dass wir uns das alle eine Warnung sein lassen sollten. Dann haben sie noch gesagt, dass wir dich von ihnen grüßen sollen.«

»Was waren das für Wesen, woher kennst du sie und viel entscheidender: Warum hast du uns nicht gewarnt?«, ging Diana auf Sturm los, bei der sich die tiefe Erschütterung mittlerweile in heiße Wut verwandelt.

»Die beiden waren in Aachen unter anderem für den Satz ›Es ist nicht tot, was ewig liegt, bis dass die Zeit den Tod besiegt‹ verantwortlich. Und sie hatten auch etwas mit dem Himmel zu tun, der aussah wie dreckiges Blut«, sagte Georg und war froh, dass er die Geschichte loswerden konnte. »Sie stehen sich in einem äonenalten Krieg gegenüber, wobei Sabira und die Ihren das Leben vernichten wollen, was auch für die Menschen gilt, während uns Morganas Fraktion angeblich davor beschützt.«

Jetzt sah Georg Tränen in den Augen von Diana.

»Allerdings: Wer traut schon Göttinnen des Abgrunds und der Hölle?«, fuhr er fort. »Und wovor hätte ich euch schon warnen können, ohne dass ihr mich für verrückt gehalten hättet?«

»Dann waren die Graffitis also wirklich da«, bemerkte Thekla. »Und was war mit der Radio-Sendung los?«

»Da wollten zwei Göttinnen einen Sender für ihre Botschaften kapern«, vermutete Georg. »Offenbar ist es unentschieden ausgegangen. Und das gilt auch für die Cthulhu-Graffitis, die schnell wieder verschwunden sind.«

»Da habe ich meine Zweifel«, bemerkte Thekla. »NDR 2 sendet doch aus Hamburg. Mich hat eine Freundin angerufen, die dort wohnt. In Hamburg steht überall *Ph'nglui mglw'nafh Cthulhu R'lyeh wgah'nagl fhtagn* an den Wänden und da sind die Graffitis nicht verschwunden. Und da ist noch was: Meine Freundin hat im Radio gehört, dass diese Graffitis überall auf der Welt in großen Hafenstädten aufgetaucht sind.«

»Dann kennen wir jetzt wohl auch schon eine große Hafenstadt in der Nähe von Hannover, in denen ein erwachter Cthulhu mit seinem Sternengezücht an Land gehen könnte«, sagte Georg. »Von Hamburg aus sind es rund hundertfünfzig Kilometer nach Hannover und etwa dreihundert Kilometer nach Berlin. Was wohl die Russen machen, wenn Cthulhu durch die DDR marschiert? Immerhin, so marode, wie das Land ist, kann er dort nicht viel vernichten. So wie das da aussieht, muss er den Eindruck haben, dass er schon da gewesen ist.«

Wer nach Westberlin wollte, musste sich von schlecht gelaunten und wirschen DDR-Grenzern kontrollieren lassen. Immerhin war das noch eine vergleichbar privilegierte Behandlung; ihre eigenen Leute wurden beim Versuch, die Grenze zu überschreiten, gleich erschossen. Es dauerte ewig, bis man dann auf der Transitstrecke war, die man nicht verlassen durfte und die durch ein Land führte, das sich wie Mehltau aufs Gemüt legte. Das änderte sich sofort, wenn man das flippige Westberlin erreicht hatte.

Georg war einmal von Hannover nach Berlin geflogen. Der Flugkapitän wies darauf hin, dass das nächtliche Ostberlin komplett im Dunkeln lag, während Westberlin ein einziges Lichtermeer war, eine Stadt, deren Kneipen rund um die Uhr geöffnet hatten. Damals hatte er schon geahnt, wer im Kampf der Systeme letztlich die Nase vorn haben würde. Der einzige Ort in Ostberlin, der die Westler magisch anzog, war der Bahnhof Friedrichstraße, weil es hier zollfrei Schnaps und Zigaretten gab - man durfte sich nur nicht vom Zoll auf der Westseite erwischen lassen. Ansonsten ließ sich Georg in Berlin durch die Nacht treiben, wenn er seine Freunde in Schöneberg besuchte.

Er wurde in seinen Gedanken unterbrochen, als ihm Diana und Thekla offenbarten, dass sie ihn nie wiedersehen wollten. Georg fühlte sich, als hätte man ihm den Boden unter den Füßen weggezogen. Anscheinend hatte er sich verliebt, er wusste aber nicht so genau, in wen.

»Wir trauen dir nicht mehr«, sagte ihm Diana, die es schaffte, gleichzeitig ängstlich, traurig und wütend zu klingen. »Schließlich wurden wir schon entführt, und wir wissen nicht, was sonst noch kommen könnte.«

Georg konnte die beiden Frauen gut verstehen, auch wenn er diese Wendung sehr bedauerte. Außerdem hatte er jetzt schon Pläne, die über den Sommer hinausgingen. Er würde im Wintersemester an der Uni Hannover mit einem Studium der Germanistik und Politik mit dem Fernziel Höheres Lehramt beginnen. Er hatte sich sagen lassen, dass man dabei wirklich auf andere Gedanken kommen würde, bezweifelte aber ernsthaft, dass Morgana und Sabira darauf verzichten würden, dabei ein Wörtchen mitzureden.

Überraschenderweise verzichteten sie dann aber doch darauf. Nur manchmal kam es Georg so vor, als würde er das tosende Gedröhn verborgener Trommeln und das melodielose Pfeifen abscheulicher Flöten und das unaufhörliche Heulen der blinden Idiotengötter hören. Das ging aber immer so schnell vorüber, dass er dem nach allem, was er erlebt hatte, keine große Bedeutung beimaß.

Für Georg wurde das Studium zu einer der besten Zeiten seines Lebens. Auch die Professoren ließen ihn weitestgehend in Frieden. Er hätte überdies keine Zeit für die Kriege der Götter gehabt, weil es ständig politische Aktionen gab – außerdem wurde gekifft, gesoffen und gevögelt. Ständig ging es auch um praktische Experimente, wie sich ein besseres und befreites Leben führen ließ.

Europa hatte sich 1968 von ihrem Lager erhoben, auf das sie kraftlos gesunken war, weil ihre Völker die schöpferische Energie dazu verbrauchten, sich in Kriegen gegenseitig abzuschlachten. Seit '68 stieg sie mit ihrem neuen Liebhaber, der Revolte, ins Bett, war rosig und bester Dinge. Und als dann noch 1974 mit der Nelkenrevolution in Portugal und 1975 mit dem Tod Francos in Spanien die letzten beiden Diktaturen in Westeuropa endeten, erblühte Europa vollends zu einer wilden Schönheit.

Georg fuhr mit einem Freund nach Portugal, arbeitete in einer Kooperative, die den Großgrundbesitzer enteignet hatte, und genoss die quirlige sowie hoffnungsfrohe Atmosphäre der gelungenen Revolution. Hier wurde nicht von Utopien geträumt, hier wurden sie verwirklicht. Und schließlich von konservativen und sozialdemokratischen Regierungen beerdigt, als die das Land an die alten Besitzer zurückgaben.

Schon 1972 hatte Willy Brandt sein Versprechen »Mehr Demokratie wagen« mit dem Radikalenerlass, den er gemeinsam mit den Regierungschefs der Länder beschlossen hatte, aus Georgs Sicht verraten.

Deutschland isolierte sich damit und verlor im Ausland empfindlich an Renommee. Sozialistische Regierungschefs anderer Länder schüttelten den Kopf über die Berufsverbote.

Ein Freund Georgs meinte, dass der Radikalenerlass die Rache der ehemaligen Nazi-Eliten an den 68ern sei, die in der Bundesrepublik ihre Karrieren ungestört hatten fortsetzen können, bis sie die 68er ans Licht zerrten. Außerdem hatten sie den von ihren politischen Feinden angekündigten langen Marsch durch die Institutionen verhindern wollen, weil sie aus eigener Anschauung wussten, wie leicht man als Radikaler die demokratischen Institutionen in der Bundesrepublik unterwandern konnte.

Georg konnte den Radikalenerlass nur sehr schlecht mit der Aufbruchstimmung in Deutschland, für die Brandt gestanden hatte, in Einklang bringen.

Dazu gehörte auch die sogenannte Regelanfrage beim Verfassungsschutz, mit der jeder Bewerber für den Staatsdienst auf seine Verfassungstreue überprüft wurde. Georg absolvierte das 1. und das 2. Staatsexamen für das Höhere Lehramt, überstand auch die Regelanfrage problemlos und wurde Lehrer an einem Gymnasium. Die Großen Alten und die Hölle fielen offenbar nicht in die Zuständigkeit des Verfassungsschutzes. Zudem hatte Georg sowieso keine Verbindung mehr zu Sabira und Morgana.

Zuvor waren die beiden Göttinnen noch einmal in scheinbarer Eintracht in seiner Wohnung aufgetaucht und hatten ihn gefragt, ob er sich denn nun für eine der beiden Seiten entschieden habe und er Verantwortung in diesem Krieg übernehmen wolle. Georg druckste herum und murmelte etwas wie, dass jeder Mensch irgendwann »mehr Sicherheit« in sein Leben bringen müsse, das gehöre zum Erwachsenwerden dazu, weswegen er jetzt Lehrer werden und die Beamtenlaufbahn einschlagen wolle. Während einige noch auf den Barrikaden standen, waren andere schon auf dem langen Marsch durch die Institutionen mit dem Credo: »Ich schwör, ich bin gewaltlos, sonst bin ich mein Gehalt los.«

»Du bist so langweilig«, hatte Sabira mit eindeutig verächtlichem Unterton dazu gesagt.

»Ich will einfach nur ein gutes Leben und keinen guten Krieg«, entgegnete ihr Georg.

»Es gibt kein richtiges Leben im falschen«, hatte Morgana einen Satz Adornos zitiert, der zu dieser Zeit viel diskutiert wurde.

»Für ihn aber offenbar schon«, hatte Sabira gesagt. »Lass ihn, er ist es nicht wert.«

»Warum hattet ihr mich eigentlich ausgesucht?«, hatte es Georg noch einmal versucht, da er erstaunt war, dass er offenbar so ohne Weiteres davonkommen sollte.

»Das war eine Wette. Wir wollten wissen, ob wir einen völlig Unbeteiligten auf meine oder ihre Seite ziehen können, und ob er bereit ist, Verantwortung in diesem Kampf zu übernehmen«, hatte Morgana erklärt. »So was hat bei uns Unsterblichen Tradition. Wir sind eben sehr ehrgeizig.«

»Dann hat wohl keine von euch diese Wette gewonnen«, war Georgs Auffassung gewesen.

»Sieh es so«, hatte Sabira gesagt. »Wir haben eine Wette verloren, du aber die Chance für ein wirklich aufregendes Leben. Darauf steht die Höchststrafe: Belang- und Bedeutungslosigkeit. Das ist nicht schön für jemanden, der nie als Spießer mit Durchschnittsfamilie und Durchschnittsleben im Reihenhaus enden wollte. Aber für dich wird es noch schlimmer: Du wirst als Landtagshinterbänkler für Die Grünen enden.«

Georg versuchte erst gar nicht, sich zu rechtfertigen, hatte aber noch eine Frage gehabt:

»Was sind Die Grünen?«

»Du wirst schon sehen«, hatte Morgana erwidert.

Als Georg viele Jahre später herauszufinden versuchte, warum ihm sein Leben so aus der Hand geglitten war und in öder Langeweile dahintröpfelte, klingelte es an seiner Tür. Als er öffnete, stand dort eine Frau mit langen schwarzen Haaren.

»Thekla«, sagte Georg, »du hast dich wirklich überhaupt nicht verändert. Wie machst du das?«

»Lass mich rein, dann sage ich es dir«, bot sie ihm an. Auch wenn eindeutig Thekla vor ihm stand, hatte sich doch etwas verändert: ihre Stimme. In ihr schwang etwas mit, das gebieterisch und erhaben zugleich wirkte – geradezu göttlich.

Georg setzte sich mit ihr an den Küchentisch, verbrachte die Nacht redend mit ihr, verlor erst sein Herz und dann seinen Kopf, den sie mit einem großen Messer aus Georgs Küchenreservoir abtrennte. Dann veränderte sie sich auch äußerlich und sah aus wie eine Vampirprinzessin, die von einer grausigen Jagd zurückkehrte – ein düsterer Engel, geboren aus Tod und Blut. Und genau das war sie auch.

»Hallo Sturm«, sagte Morgana. »Ich bin gleich bei dir.«

Und Sturm bemerkte, dass in einer merkwürdigen Mischung aus Angst und Erregung seine Hände zitterten.

UNTERWELT

So endete das Georg-Manuskript. Sturm konnte Georgs Entscheidung zwar irgendwie nachvollziehen, aber sie war – im Nachhinein betrachtet – falsch gewesen, besonders, wenn Sturm Georgs unrühmliches Ende bedachte. »Er wurde mit dem Leben bestraft, das er verdient hat«, dachte Sturm und schwor sich, niemals so zu enden wie Georg.

Das Manuskript hatte Sturm in die 1970er Jahre entführt, als überall die Revolte in der Luft lag. Es war eine Zeit der Leichtigkeit und des Aufbruchs gewesen, aber auch des Terrors der RAF und die Ära eines Staates, der massiv zurückschlug. Es war die Zeit der Antiatomkraftbewegung, aus der schließlich Die Grünen hervorgehen sollten. Subversivere Geister hatten damals vermutet, dass Die Grünen damit zu den endgültigen Totengräbern des gewesenen Aufstandes wurden, weil sie die Revolte auf die Pfade der offiziellen Politik führten, wo sie dann schmählich verendete. Sturm konnte sich an die Diskussionen noch sehr gut erinnern und musste rückwirkend betrachtet zugeben, dass die subversiveren Geister wohl recht gehabt hatten. Allerdings schienen Revolten sowieso die Neigung zu haben, kläglich zu verenden, auch ohne dass eine Partei Hand anlegen musste. Auch deswegen hatten die Kämpfer der französischen Juli-Revolution von 1830 Erschießungspeletons auf Kirchturmuhren feuern lassen, um damit symbolisch die Zeit zu töten und am Fortgang zu hindern, damit die Revolution ewig lebte. Sturm hatte dieser symbolische Pragmatismus gut gefallen.

Für Die Grünen indes blieb die Zeit nicht stehen, sie entwickelten sich zu einer Partei der Besserverdienenden – häufig auch Akademiker, die als Studenten noch auf der Seite der Revolte gestanden hatten –, die den ärmeren Teil der Bevölkerung auf Hartz IV setzten oder in prekäre Beschäftigungsverhältnisse verbannten und die Dächer des wohlhabenderen Teils der Bevölkerung – also ihrer Wähler – mit hoch subventionierten Solaranlagen pflasterten, woran sich der ärmere Teil der Bevölkerung notgedrungen finanziell beteiligen musste. Was eindrucksvoll bewies, dass eine Revolte nur wahr ist als Bewegung, aber falsch als Partei.

Sturm hatte einmal versucht herauszufinden, was Blackwood von den Grünen und anderen Parteien hielt. »Ist mir ziemlich egal«, hatte Blackwood geantwortet. »Unterm Strich sind alle gut für mein Geschäft.«

Damals hatte Sturm das auf den Whisky geschoben, jetzt dachte er, dass Blackwood wahrscheinlich recht hatte.

»Wenn schon den sichtbaren Mächten nicht zu trauen war, muss man eben die Unterwelt in Bewegung setzen«, dachte Sturm. Was geschah mit den vom Christentum vergifteten und deformierten Göttern? Sie gingen in den Untergrund als Dämonen, also als göttliche

Hooligans: ständig zum Aufstand bereit. Immer auf der Suche nach der Lücke, nach der Bresche in der Mauer. Eine Guerilla, die aus dem »kollektiven Unbewussten« im Sinne Freuds heraus agierte. Immer präsent und bereit, den Psychoanalytiker zu fressen oder den Exorzisten in den Abgrund zu reißen. Nur mühsam im Zaum gehaltene Profiteure jeglicher gesellschaftlicher und individueller Kreise, die nie weit entfernt waren. »Lasst die Teufel frei« ist nicht nur ihre Forderung, sondern trägt auch jede Revolte, wenn sich die göttlichen Hooligans mit den menschlichen Polit-Hooligans zum Tanz auf der Straße treffen. In den wilden Zeiten des Aufstands »wächst zusammen, was zusammengehört« (Willy Brandt) und sprengt gemeinsam die lästigen Fesseln von Sinn und Bedeutung.

»›Lasst die Teufel frei‹«, dachte Sturm. »Da geht's lang. Mann, ich bin wirklich richtig in Fahrt geraten!«

In diesem Augenblick klingelte es an seiner Tür. Als Sturm öffnete, drängelte sich Morgana an ihm vorbei und gab ihm einen langen Kuss.

»Schluss mit der Nostalgie«, sagte sie. »Wir brauchen jetzt deine volle Aufmerksamkeit.«

Dann brachte sie ihn in ihrer Déesse zu Blackwood. Als Sturm dessen Wohnung betrat, sah er einen Mann, der ihm den Rücken zuwandte und eine schwarze Uniform mit Schaftstiefeln trug. Er war im Gespräch mit Blackwood. Als er sich dann umdrehte, sah Sturm direkt in seine toten Augen. Während er die Wohnung verließ, summte er einen Gassenhauer der 1920er Jahre. Sturm kannte nicht nur die Melodie, er beherrschte auch den Text:

Warte, warte nur ein Weilchen, bald kommt Haarmann auch zu dir, mit dem kleinen Hackebeilchen, macht er Hackefleisch aus dir.
Aus den Augen macht er Sülze, aus dem Hintern macht er Speck, aus den Därmen macht er Würste
und den Rest, den schmeißt er weg.

Jetzt fiel Sturm auch wieder ein, wer der Mann war. Soeben hatte der Serienmörder Fritz Haarmann – alias der Werwolf von Hannover – Blackwoods Wohnung verlassen.

»Was macht der denn hier?«, wollte ein konsternierter Sturm wissen.

»Der war früher Polizeispitzel und arbeitet, seitdem er tot ist für den Arkadischen Sicherheitsdienst, den ASD, den Geheimdienst des Totenreichs, für den Stefan Schütz zeitweise die Öffentlichkeitsarbeit unter den Lebenden übernommen hatte. Die stehen da auf Profis mit einschlägiger Vergangenheit wie Haarmann. Er beliefert uns häufiger mit Informationen«, erklärte Blackwood.

»Ein Geheimdienst, der Massenmörder rekrutiert, ist doch wohl eine ziemlich widerliche Angelegenheit«, befand Sturm.

»Bleib mal auf dem Teppich«, antwortete Morgana. »Das hat etwa der BND in den 1950er Jahren auch nicht anders gemacht. Wenn das dein Maßstab ist, bleiben nicht viele Geheimdienste übrig.«

Sturm gab sich geschlagen und fragte: »Welche Informationen habt ihr von ihm bekommen?«

»Es geht los. Sabiras in der Steinzeit verschwundene Armee der Untoten ist wieder aufgetaucht und marschiert durch das Totenreich«, erwiderte ein sichtlich erwartungsfroher Blackwood.

»Ich dachte, Untote haben im Totenreich nichts verloren.«

»Haben sie auch nicht und Sabira hat damit die territoriale Souveränität des Totenreichs verletzt, worüber der ASD sehr sauer ist«, sagte Morgana.

»Warum hat sie das denn getan?«

»Sie mag es einfach, wenn irgendjemand auf sie sauer ist. Außerdem stört sie damit die Abläufe im Totenreich und bringt alles durcheinander.«

»Welche Abläufe?«, wollte Sturm wissen.

»Die meisten Toten sind sehr verstört, weil sie nicht mit der Tatsache klarkommen, dass sie tot sind. Da die Bewohner der Industrienationen nicht mehr auf den Tod vorbereitet werden, sind die natürlich völlig durcheinander«, erklärte Blackwood. »Du kannst dir sicher vorstellen, was geschieht, wenn Sabiras Untote da durchmarschieren ...«

»Nicht so ganz«, bemerkte Sturm, der aktuell auch verstört war.

»Die Toten hauen ab, lungern da rum, wo sie früher gelebt haben und gehen allen als Spuk auf die Nerven.

Das möchtest du wirklich nicht erleben«, war sich Blackwood sicher.

Sturm glaubte ihm jedes Wort.

»Was ich noch nicht verstehe«, bemerkte Sturm, »ist der Zusammenhang zwischen Seelen und Totenreich.«

»Das Totenreich ist einfach der erste Anlaufpunkt für die frisch Verstorbenen, von hier aus gehen die Seelen dann auf die Weiterreise, nachdem die Formalitäten erledigt sind und das Endziel feststeht. Wenn die Toten abhauen, gibt es da natürlich massive Verzögerungen«, führte Blackwood aus. »Und du weißt ja, wie sehr wir auf die reibungslose Belieferung mit Seelen angewiesen sind.«

»Aber Haarmann ist noch im Totenreich, obwohl das Endziel seiner Seele doch klar sein dürfte?«

»Das ist etwas anderes«, sagte Blackwood. »Der ist beim ASD.« Blackwoods Handy klingelte und er nahm das Gespräch sogleich an. »Ja«, sagte er. »Ich verstehe.« Er stand eindeutig unter Spannung.

»Sabiras Untote haben das Totenreich verlassen und sind in die Welt der Lebenden einmarschiert.«

»Wo?«, fragte ein seltsam stille Morgana.

»In Hamburg«, antwortete Blackwood. »Die Armee der Untoten und weitere Monster von Sabiras Besetzungscouch werden dort für Chaos sorgen. Und da ist noch etwas«, ergänzte ein sehr nachdenklich wirkender Blackwood. »Sabira hat Lovecraft aus dem Totenreich gekidnappt. Nun hat sie ihren Schlüssel zum Tor, hinter dem die Großen Alten gefangen sind. Sie braucht dich nicht mehr, und ich würde darauf wetten, dass die Großen Alten schon unterwegs nach Hamburg sind.«

»Warum hat sie das nicht schon früher gemacht?«, wollte Sturm wissen.

»Der Schlüssel ist die eine Sache«, erklärte Blackwood, »aber das Tor, zu dem er passt, funktioniert nur bei einer bestimmten Sternenkonstellation. Das ist eine kosmische Spielregel, an die wir uns alle halten müssen. Nur in diesem engen Zeitfenster kann es geöffnet werden. An dich ist sie nicht rangekommen, also hat sie sich Lovecraft geschnappt.«

»Warum wartet sie eigentlich überhaupt auf die Großen Alten und hat nicht schon in der Steinzeit mit ihrer Armee der Untoten alles Leben vernichtet?«, fragte Sturm.

»Dann wären bei der Ausbeutung der Rohstoffe überall die Untoten rumgestolpert und hätten den Abbau massiv gestört«, erwiderte Blackwood. »Sie braucht die Großen Alten, damit sie ihr alles aus dem Weg räumen, was die Ausplünderung stört.«

»Und jetzt?«, wollte Sturm wissen, der sich im Moment überhaupt nicht wohlfühlte.

»Jetzt tun wir das, was wir am besten können«, sagte ein ausgesprochen böse grinsender Blackwood. »Wir bringen sie alle um.«

»Auch die, die schon tot sind?«, fragte Sturm.

»Ganz besonders die, die schon tot sind«, antwortete Blackwood gut gelaunt.

Als Sturm an diesem Abend schlafen ging, träumte er von der R'lyeh. Er sah, wie sich Sabira zielstrebig durch das Schiff bewegte, als würde sie genau wissen, wonach sie suchte. Dabei zog sie Lovecraft, der Handschellen trug, ziemlich grob hinter sich her. Schließlich fand sie, was sie gesucht hatte. Es war ein Abbild des Kosmos in Form einer Holografie. Cthulhu würde erwachen, wenn die Gestirne richtig stehen, hatte die Prophezeiung gelautet. Und offenbar standen sie richtig.

Denn als Sabira den Mann mit dem länglichen Gesicht und den ständig erschrocken wirkenden Augen in das Zentrum des Hologramms stieß, wurde das Tor geöffnet und Cthulhu erwachte aus seinem todesähnlichen Schlaf.

Im Pazifischen Ozean, 47° 9' südlicher Breite und 126° 43' westlicher Länge, nahe am Point Nemo, erwachte die R'lyeh zum Leben, durchbrach die Oberfläche des Pazifischen Ozeans und schwebte über dem Wasser. Ein gigantischer schwarzer Rochen mit tödlichem Stachel, eisernen Kanälen wie tiefe Furchen und zernarbter Außenhaut – Spuren uralter Kämpfe auf Leben und Tod. Und Tod war ihr Begleiter auf vielen Welten gewesen, mit der R'lyeh kam nie das Leben. Im Innern des Schiffs wuselte das Sternengezücht über die Brücken zwischen den bizarren turmähnlichen Erhebungen mit den schwarzen Auswüchsen. Cthulhus fliegende Stadt war in die Welt zurückgekehrt.

Sie bildete das Zentrum eines Orkans, der über dieser Stelle des Pazifiks tobte. Gewaltige Energiesäulen schossen aus dem Schiff in den Sturm und heizten das Inferno an. Ein blutroter Spalt zerriss die Schwärze – das Tor in die Kerkerdimension, in der die anderen Großen Alten gefangen waren. Als es sich öffnete, brachen die restlichen Schiffe der Armada daraus hervor, ein schwarzer Rochenschwarm mit tödlichen Stacheln, und gruppierten sich hinter dem Flaggschiff – erneut bereit, alles Leben auszulöschen.

Auf den Schirmen der Kommandozentralen erschien das Bild Cthulhus, der sich an seine Flotte richtete. Dabei kam er mit einem Wort aus:

»Tod«, rief er mit zuckenden Tentakeln in der uralten Sprache des Abgrunds zwischen den Welten.

»Tod«, antworteten die Kommandanten der anderen Schiffe in derselben Sprache mit ihren scharfen, klickenden Lauten.

Sie waren Wesen aus den Albträumen seit Anbeginn der Zeiten. Amorphe Mischungen aus Mensch und Schlange, gewaltige Krötenkörper, die von Elefantenbeinen getragen wurden, giftige Wolken, aus denen ständig Hufe, Krallen und Tentakel hervorschossen.

Sie waren bereit, den Planeten vom störenden Leben zu reinigen.

Reeperbahn

Die Armee der Untoten marschierte in ihrer zerfallenden Kleidung aus Fellen und Tierhäuten in dieser Vollmondnacht über die Reeperbahn und schnappte sich arglose Touristen, die das für einen folkloristischen Umzug der Bewohner von St. Pauli hielten. Wer schon einmal in den eher abgehalfterten Kneipen in den Seitenstraßen der Reeperbahn sein Flaschenbier getrunken hatte, konnte den Irrtum der Touristen gut nachvollziehen. Im Tross der Armee zogen untote Frauen und Kinder, was einen auswärtigen Besucher zu der lautstarken Bemerkung veranlasste, dass das hier kein Ort für Kinder sei, die sowieso um diese Zeit im Bett sein müssten.

»Aber das ist ja kein Wunder bei diesen Müttern«, waren seine letzten Worte als lebendiger Mensch, dann sorgten die untoten Mütter dafür, dass er sich in die Kohorten der Verwesung einreihte. Während er schon den Marschtritt aufnahm, kauten einige der Mütter noch auf dem Fleisch herum, dass sie ihm aus dem Körper gerissen hatten.

Doch nicht all die Zeit waren die Untoten die Überlegenen. Immer wieder griffen Wesen mit dunkler Lederhaut überfallartig die Untoten an und fetzten mit ihren Krallen Köpfe von den Körpern – Blackwoods

Guerillatrupps schlugen zu. Diese Untoten würden nie wiederkehren.

Für ihre Attacken mussten diese Guerillatrupps nicht erst angekarrt werden, auf der Reeperbahn gab es immer etliche Dämonen. Dennoch waren diese Angriffe angesichts der schieren Masse der Untoten nicht viel mehr als Nadelstiche.

Blackwood sah sich das ganze Spektakel auf den Monitoren in seinem Arbeitszimmer an, das sich mittlerweile in eine Art modernen Feldherrnhügel verwandelt hatte. Offenbar schätzte auch der Teufel die technischen Möglichkeiten der zeitgemäßen Kommunikation.

»Wir haben immer massiv in die neuen Technologien investiert«, erklärte Blackwood dem darüber überraschten Sturm. »Viele unserer besten Leute arbeiten in der IT-Branche. Die tarnen sich dann als Nerds, über die sich etliche Menschen lustig machen. Das ist doch eine wirklich perfekte Maskerade, über die ihre Umwelt froh sein sollte. Was meinst du, wie die in ihrer wahren Dämonengestalt aussehen?«

»Rot glühende Augen anstelle von dunklen Hornbrillen?«, riet Sturm.

»Auch«, antwortete Blackwood. »Außerdem würden ihre gewaltigen Schädel jedes Hornbrillenformat sprengen, dafür würde man sich nicht mehr über sie lustig machen. Wer macht schon Scherze über jemanden, der drei Meter groß ist und sich aus Pizzaschachteln die Gehirne und Herzen der Spötter zwischen die Reißzähne schaufelt? Du kennst das Logo von Apple?«

»Klar, der angebissene Apfel.«

»Und wer wählt wohl schon ein Logo, das an den Sündenfall im Paradies erinnert?«, fragte Blackwood und knuffte Sturm ausgelassen in die Seite.

»Ihr steckt hinter Apple?«

»Und der angebissene Apfel erinnert daran, dass der Teufel der älteste Freund der Erkenntnis ist«, freute sich Blackwood. »Aber jetzt musst du mich entschuldigen. Wir haben einen Krieg zu führen.«

»Kann ich irgendetwas tun?«, fragte Sturm.

»Ja, gieß dir einen Macallan ein und mir auch.«

»Wo ist Morgana?«, fragte Sturm.

»Die hatte Lust auf einen kleinen Reeperbahnbummel. Schau«, sagte Blackwood und deutete auf die Schirme.

Ein schwarzer Schatten schob sich vor den Mond. Krächzende, vogelartige Schreie und das Geräusch von Schwingen erfüllten den dunklen Himmel. Dann zerfloss der Schatten und spie Wesen aus, auf deren krallenbewehrten Vogelleibern Frauenköpfe mit blitzenden Reißzähnen saßen. Im Schein der Straßenlaternen fielen sie über die Armee der Untoten her, rissen mit ihren Krallen totes Fleisch aus den verwesenden Körpern, köpften die untoten Krieger und fraßen ihre Schädel.

Sturm hatte diese Wesen schon auf Abbildungen gesehen, es waren Harpyien. Sturm sah, wie Morgana genüsslich einen Kopf zerbiss. Ihr schönes Gesicht war von einer grausigen Ekstase verzerrt und für den Vogelleib konnte Sturm sich gar nicht erwärmen. Die Reihen der

Kohorten der Verwesung lichteten sich. Beleuchtet wurde die gespenstische Szenerie zusätzlich vom Blaulicht der angerückten Polizeifahrzeuge. Aus sehr verständlichen Gründen griffen die Beamten jedoch nicht ein.

»Morgana ist eine Harpyie«, murmelte ein fassungsloser Sturm. »Georg und ich hatten Sex mit einem gottverdammten Vogel.«

»Gottverdammt ist mit Sicherheit richtig«, freute sich Blackwood. »Aber Morgana ist keine Harpyie. Sie ist das, was immer sie sein will – und gerade jetzt eben eine Harpyie. Für sie ist die Hauptsache, dass sie ganz vorn bei Gemetzeln mitmischen kann. Und das muss sie auch, schließlich ist sie die kommandierende Generalin der Hölle und sollte immer mit gutem Beispiel vorangehen.«

Und es war ein Gemetzel. Als der Morgen dämmerte, war die Reeperbahn bedeckt mit den mittlerweile sehr toten Untoten, die von kreischenden Harpyien ausgeweidet wurden.

»Wie sind die Harpyien eigentlich so schnell dort hingekommen?«, wollte Sturm wissen.

»Ganz einfach. Die Reeperbahn ist natürlich ein Tor zur Hölle«, antwortete Blackwood und holte zwei Cohibas aus dem Humidor. Blackwood und Sturm rauchten genüsslich.

»Und Hamburg ist das Tor zur Welt«, bemerkte Sturm.

»Genau«, freute sich Blackwood. »Du kannst dir sicher vorstellen, dass unsere Geschäfte als Global Player dort gut laufen.«

»Mich wundert nur, dass Sabira sich das so ruhig anschaut«, bemerkte Sturm und stieß kleine Rauchwolken aus.

»Aber das tut sie gar nicht«, sagte Blackwood. »Das hier ist die Reeperbahn, in den vornehmeren Vierteln der Stadt hatten die Untoten leichteres Spiel und marschieren jetzt über die Elbchaussee. Wir können schließlich nicht überall sein. Ich zeige es dir. Die Bilder kommen direkt von den magischen Spiegeln unserer Fledermäuse.«

Sturm sah die Kolonne der Untoten in ihrer Leder- und Fellkleidung, doch dazwischen hatten sich einige Brioni- und Boss-Anzüge sowie Diorkostüme nebst ihren Trägern und Trägerinnen eingereiht.

Doch das Gros der wohlhabenden Hamburger blieb verschont, was vermutlich an den Spruchbändern lag, die sie unter anderem vor ihren Nobelvillen aufgehängt hatten, worauf der Sturm schon so vertraute Satz stand:

Ph'nglui mglw'nafh Cthulhu R'lyeh wgah'nagl fhtagn.

»Wieso sind die für Cthulhu?«, wollte Sturm wissen.

»Weil sie Aktienpakete bei On & Ex haben. Die hemmungslose Ausbeutung von Rohstoffen im ganzen Universum beschert auch eine kosmische Rendite«, sagte Blackwood mit Kennermiene.

»Aber was haben sie davon, wenn Cthulhu auch den Planeten zerstört, auf dem sie leben?«, fragte Sturm.

»On & Ex hat den Aktionären eine Vorzugsbehandlung zugesichert und den Umzug in eine komfortable

Wohnanlage auf einem anderen Planeten«, erklärte Blackwood.

Wie sich sehr bald herausstellen sollte, hatte Sabira noch mehr Trümpfe im Ärmel: Über der Reeperbahn verfinsterte sich der Morgenhimmel unter den schwarzen Schwingen gigantischer Flugechsen, grüne, dampfende Säure regnete auf die Harpyien, die sich schreiend ins Nichts auflösten, wenn sie getroffen wurden. Auf Morganas Warnschrei hin hatten sich aber die meisten noch rechtzeitig in die Luft erhoben, wo ein erbarmungsloser Kampf begann.

Die Vogelfrauen griffen in Schwärmen an und versuchten mit ihren scharfen Krallen, die Augen der Echsen auszukratzen, oder ihre Bäuche aufzuschlitzen. Wenn das gelang, regnete es stinkende Eingeweide und schwarzes Blut. Sirrend peitschten die giftigen Stachelschwänze der Echsen durch die Luft, wo sie mit dumpfen Lauten aufschlugen. Tote Harpyien trudelten zu Boden und kollidierten mit blinden, torkelnden Echsen. Nicht alle Harpyien schlugen in einem Stück auf dem Boden auf, viele zerfetzten die Echsen in der Luft mit ihren Krallen und Zähnen.

Langsam lichtete sich der Himmel von allen kämpfenden Kreaturen, bis beiden Seiten offensichtlich die Monster für den Moment ausgegangen waren. Dafür stapelten sich auf dem Boden die Kadaver von Echsen, Harpyien und ehemaligen Untoten. Die Blaulichter der Polizeiautos waren nirgendwo mehr zu entdecken. Sturm vermutete, dass die Beamten sich entschlossen hatten, dass sie für Probleme in dieser Größenordnung nicht annähernd ausreichend bezahlt wurden. Was wohl in den Polizeiberichten stehen würde? Dafür sah Sturm jede Menge Fernsehteams und war sich ziemlich sicher, dass die Abteilungen für Öffentlichkeitsarbeit der offiziellen Stellen der Stadt, eine Menge zu tun bekommen würden. Ob diese Vorkommnisse dem Tourismus schaden oder nutzen würden, war in diesen Zeiten schwer zu sagen. Es konnte sehr gut sein, dass erlebnishungrige Sensationstouristen das Minus bei den Familienurlaubern mehr als ausglichen.

Sturm wurde aus seinen Überlegungen gerissen, als er Morgana im Fernseher sah, der in Blackwoods Arbeitszimmer im Hintergrund lief. Sie spazierte in aller Seelenruhe in ihrer menschlichen Gestalt zwischen den Kadaverbergen umher. TV-Kamerateams rückten näher an die fotogene Morgana heran. Sturm entdeckte Rinnsale von schwarzem Blut, die ihre Mundwinkel herunterliefen und in auffallendem Kontrast zu ihrem roten Lippenstift standen. Die Vampirprinzessin hatte sich genährt und schaute offensichtlich voller Zuversicht direkt in die Kamera, die ihr Gesicht in Nahaufnahme einfing.

Morgana leckte sich die vollen roten Lippen und sagte nur ein einziges gieriges Wort: »Mehr!«

»Okay«, dachte Sturm, »vielleicht würde es doch einen massiven Einbruch im Tourismusgeschäft geben ...«

TOTENKOPFFAHNEN

Vielleicht würde es aber noch mehr als einen massiven Einbruch im Tourismusgeschäft geben, passte Sturm seine Prognosen einer neuen Tatsache an.

Aus dem Untergrund brachen riesige, bleiche, madenartige Wurmwesen hervor und warfen sich auf die Fernsehleute. Sie fraßen die Kamerateams, die in gigantischen Mäulern mit den massiven Zähnen verschwanden, einfach auf. Das sorgte für dramatische Aufnahmen, die dann über die Fernsehschirme liefen. Morgana hatte sich den letzten überlebenden Kameramann geschnappt und kommentierte das Geschehen, während sich nicht weit von ihr ein Wurm in Todeszuckungen wand.

»Hamburg erlebt schwere Zeiten«, sagte sie und strich sich kokett eine Haarlocke aus dem Gesicht. »Seit Stunden herrschen Chaos und Gewalt auf den Straßen. Und glauben Sie mir, daran wird sich in nächster Zeit auch nichts ändern. Hier spielen uralte Mächte ihr uraltes Spiel. Noch eine kleine Bemerkung zum aktuellen Stand: Der Sieg im Match Maden gegen Journalisten geht ganz klar an den Untergrund. Aber: Werden die Maden sich über ihren Sieg freuen können?«

Das Exemplar, das Morgana bei ihren Plänen zu der Übertragung offensichtlich im Weg gestanden hatte, jedenfalls sicher nicht.

Während Sturm sich noch fragte, zu welcher Seite die Wurmwesen gehörten – dass die Vampirprinzessin eines umgebracht hatte, bedeutete noch gar nichts –, schwenkte Morganas Kameramann auf Kolonnen mit Totenkopf- und FC-St.-Pauli-Fahnen, die zu den verzerrten Klängen von Hell's Bells aus von ihnen mitgeführten scheppernden Gettoblastern aus verschiedenen Richtungen auf dieses Schlachtfeld zustürmten. Die selbst ernannten Kiezhelden, was auf vielen T-Shirts als Aufschrift prangte, deren Träger hinter den Flaggen herzogen, warfen in ihrem Sturmlauf die menschliche Gestalt ab und verwandelten sich in eine rote Dämonenwoge aus massiven Reißzähnen, gewaltigen Klauen, mächtigen Hörnern und wirbelnden Hufen, die gegen die Madenartigen brandete und sie hinwegspülte.

Die Dämonen zerrissen, zerfetzen und zerstampften die Wurmwesen, an die nur noch ein weißlicher Schleim erinnerte, als sie mit ihnen fertig waren. Während des Gemetzels angerückte Polizeiverstärkungen hatten sich das kurz angesehen und sich dann mit dem Ziel, möglichst wenig Aufmerksamkeit zu erregen, diskret zurückgezogen. Nur noch ein einsamer Polizeihubschrauber kreiste über der Szenerie.

»Hallo Jungs«, begrüßte Morgana die Neuankömmlinge, die sie hochhoben und in der infernalischem Entsprechung des menschlichen Jubels auf den Schultern trugen – eine schwarze Prinzessin auf einem roten Dämonenthron.

In anderen Teilen der Stadt, die nicht unter dem speziellen Schutz der Kiezhelden standen, metzelten die Würmer dagegen weiter, bis sich ihnen Dämonen mit den Körpern von Wölfen und den Schwänzen von Schlangen entgegenstellten.

Währenddessen lief über die Nachrichtenticker, dass der Hamburger Senat den Einsatz der Bundeswehr angefordert hatte, weil eine »Ausnahmesituationen katastrophischen Ausmaßes« vorliege.

Blackwood las die Meldung, zuckte mit den Schultern und kommentierte die Nachricht mit der Frage:

»Was soll denn das noch nützen? Schade um die schönen Jets und Panzer. Siehst du, was ich meine, Sturm?«

Sturm sah einen Himmel über Hamburg, in dem rot-schwarze Schlieren tanzten – er wirkte wie dreckiges Blut. Der Himmel griff nach der Stadt, aus der Gegenwehr kam. Helle weiße Lichtstrahlen nahmen den Kampf gegen die öligen Schlieren auf, die eindrucksvoll bewiesen, dass nicht nur alles Gute von oben kommt. Diese Szenerie kannte Sturm schon aus dem Georg-Manuskript. Dort war eine Welt, die nicht zu der Sphäre der Menschen gehörte, die Bühne für diesen Kampf gewesen. Jetzt wurde diese Schlacht in der Welt der Menschen geführt.

Die herandonnernden Kampfjets der menschlichen Luftwaffe hatten nur einen kurzen Auftritt, bevor sie ins Nichts verschwanden. Mittlerweile stand die Stadt in Flammen, das Tor zur Welt schloss sich in Feuer und Rauch, das Tor zur Hölle stand dagegen weit offen.

»Wie du beobachten kannst, hat sich der Kampf mehr ins Prinzipielle verlagert.« Blackwood deutete auf die Schirme in seinem Arbeitszimmer.

Das schien in anderen Teilen des Himmels aber noch nicht angekommen zu sein. Sturm sah sich das in Nahaufnahme an. An einer Stelle kämpften Todesfeen, mit langem weißlichem oder schwarzem Haar und glutroten Augen, unter markerschütternden Schreien gegen Dämonen, die auf Drachen ritten und die Form zerfließender Engel hatten. Sturm hatte so eine Gestalt schon einmal in dem Traum gesehen, in dem er sich mit Morgana getroffen hatte. Dann verwandelte sich auch dieser Teil des Himmels in dreckiges Blut, das jetzt aus den rot-schwarzen Wolken regnete.

»Die zerfließenden Engel sind endgültig zerflossen«, bemerkte ein ungerührter Blackwood. »Und sie haben die Todesfeen gleich mitgenommen, wohin auch immer.«

Während überall in der Hansestadt gekämpft wurde, hatten sich Anbeter Cthulhus auf einem heruntergekommenen Teilstück des Hamburger Hafens zwischen rostigen Schiffen in Tschechiens einzigem Seehafen, dem Moldauhafen, versammelt. Erreichbar ist er von Tschechien aus über die Elbe. Sturm kannte den Moldauhafen, den er jetzt via Drohne wiedersah, und erinnerte sich: Aufgrund des Versailler Vertrages wurde das Gelände im Jahr 1929 für 99 Jahre an die Tschechoslowakei verpachtet, die so einen Zugang zur See haben sollte. Die Tschechische Republik trat die

Rechtsnachfolge an und stellte mit der Insolvenz der tschechischen Elbe-Schifffahrts-AG im Jahr 2002 den Betrieb ein. Der Pachtvertrag läuft allerdings weiter bis 2027.

»Ph'nglui mglw'nafh Cthulhu R'lyeh Wgah'nagl fhtagn«, erscholl der Ruf einer einzelnen, tiefen Stimme, die direkt aus dem Herzen der Finsternis zu kommen schien, über das aus der Zeit gefallene Gelände. Vor einem blasphemischen schwarz-roten Altar, geschmückt mit Bannern aus Menschenhaut, auf denen das blutige Zeichen Cthulhus prangte, rief der Priester Cthulhus den Großen Alten an. Darauf erklang die vielstimmige Antwort:

»Ia! Ia! Cthulhu fhtagn.«

Dann übernahm wieder die einzelne Stimme mit dem dunklen Timbre:

»Cthulhu R'lyeh fhtagn.« Und dann hörte Sturm die Beschwörung:

»Oh Du, mächtiger Träumer
Herr des Abgrunds, tot und doch lebendig
Dein Diener ruft Dich, oh mächtiger Cthulhu, Herr der Träume!
Gebannt bist Du in R'lyeh bis Deine Fesseln brechen.
Dann wird sich Dein Reich aus den Tiefen erheben.
Und die Finsternis wird das Licht verdunkeln.
Gib mir Dein Zeichen, tue mir Deinen Willen kund. Damit ich ihn erfülle.
Du wirst leben, wenn der Tod stirbt. Lass mich Deinen Ruf hören.«

Den Text kannte er schon aus dem Georg-Manuskript, aber in dieser Umgebung des allgegenwärtigen Zerfalls, wirkte er eindeutig stärker und obszöner. Das galt erst recht, als dem Großen Alten auf dem Altar Menschen geopfert wurden, die offensichtlich unter Drogen willenlos ihrem Schicksal entgegentaumelten und sich ohne Widerstand zu leisten auf den Altar legten. Der Priester schien zu wachsen und aus seinem Körper brachen laut knackend Tentakel hervor. Aus ihren Enden schossen bizarre, ölig schimmernde Klauen hervor, die er mit kreischend-wahnsinnigem Gelächter in die Brust der Opfer stießen. Unermüdlich riss er die Herzen aus den zuckenden Körpern und warf die noch pulsierenden Organe in die Menge, die sie zerfetzte und verschlang. Die dumpfen Laute von Trommeln erklangen und trugen die Anhänger Cthulhus fort in eine Zeit, in der das von ihnen angebetete Grauen noch auf der Erde wandelte. Sie verließen den Weg der Menschen und wandelten auf den Pfaden der Bestien, knurrten, gaben Laute von sich, die weder bei Menschen noch bei Tieren je zu hören gewesen waren, rissen sich die Kleider vom Leib und fielen in rasender Wolllust übereinander her.

»Grundsätzlich ja keine schlechte Performance, die bestimmt ausbaufähig wäre«, kommentierte Blackwood das barbarische Geschehen. »Aber die machen ja schon alle bei der Gegenseite mit. Wird eigentlich Zeit, dass da mal einer aufräumt.«

Als Sturm die Totenkopf- und FC-St.-Pauli-Fahnen entdeckte, die am Rande des vergessenen Hafengeländes flatterten, wusste er, dass Blackwoods Wunsch sehr schnell in Erfüllung gehen würde.

Jetzt verloren die Anhänger Cthulhus ihre Herzen, die ihnen von Dämonenklauen aus der Brust gerissen wurden. Und der Priester erstickte an den noch pulsierenden Organen, die ihm die Dämonen in den Schlund stopften, noch bevor er grotesk anschwoll und schließlich an mehreren Stellen klaffend aufriss, aus denen eine stinkende rot-schwarz schimmernde Masse hervorquoll.

Während sich über den Moldauhafen die bleiern-blutige Ruhe nach dem Gemetzel legte, wurde es im Luftraum über dem Hamburger Hafen sehr unruhig.

Sabotage

Sturm sah, wie dort die Rochen-Flotte der Großen Alten auftauchte, auf die sich sofort der Schwarm der Sturm von seiner Zeitreise schon bekannten silbernen Raumschiffe stürzte.

»Wo habt ihr eigentlich immer diese Raumschiffe her?«, wollte Sturm wissen.

»Die parken bei uns in den Tiefgaragen«, antwortete Blackwood. »Und glaub mir, davon haben wir eine ganze Menge.«

Eines der ersten Opfer des wütenden Luftkampfs war die Köhlbrandbrücke, die mit donnerndem Krachen in die Elbe fiel. Dann traf es die Schiffe im Hafen, die sich brennend auf die Seite legten. Schließlich explodierten die von der Armee aufgefahrenen Panzer sowie die herangekarrten Raketen.

»Warum bekämpfen sich die Raumschiffe nicht nur gegenseitig, sondern machen so viel Kleinholz?«, fragte Sturm, dessen Verständnis von sportlicher Fairness massiv mit Füßen getreten wurde.

»Erst räumen die gepanzerten Ritter im Heer der gegnerischen Fußsoldaten auf, bevor der Hauptkampf beginnt. Die Anführer beider Seiten schonen sich erst einmal gegenseitig«, erklärte Blackwood, dessen Verständnis von Fairness wesentlich weniger ausgeprägt war als das von Sturm. »Das ist gute alte kosmische und irdische Tradition. Aber schau, jetzt geht es zur Sache.«

Gewaltige Lichtsäulen schossen aus der Flotte der Großen Alten auf die kleineren und wendigeren silbrigen Schiffe zu, deren Piloten auswichen und ihre Photonentorpedos abschossen, die jedoch an den Schutzschilden der Rochen-Schiffe wirkungslos verpufften. Dafür erwischte es einige der silbernen Schiffe, die unter den Salven ihrer Gegner verglühten.

»Es sieht nicht so aus, als ob die Angreifer eine Chance hätten«, bemerkte ein pessimistisch gestimmter Sturm.

»So bestimmt nicht«, sagte Blackwood. »Aber warte ab.«

Plötzlich explodierte eines der Raumschiffe der Großen Alten in einem gigantischen Feuerball.

»Was war das?«, fragte Sturm, dem irgendwie die Luft weggeblieben war.

»Sabotage«, entgegnete Blackwood in einem Ton, als wäre dies das Selbstverständlichste der Welt. »Darin sind wir wirklich gut.«

»Aber dazu hättet ihr in die Schiffe kommen müssen.«

»Das war kein Problem, denn wir haben sie gebaut und wissen, wie unsere Sabotagetrupps die Schutzschilde umgehen können.«

»Ich verstehe nicht ...«, fing Sturm einen Satz an, bei dem ihm die Worte ausgingen.

»Ganz einfach«, erklärte Blackwood. »Wir haben früher zu On & Ex gehört, bevor wir uns für unsere komplette Neugründung abgespalten haben, weil wir völlig andere Vorstellungen über die Art der Energiegewinnung und der Geschäftsführung als der Rest der Firma haben. Betrachte uns als Start-up.«

Auf den Schirmen verschwanden weitere Schiffe der Großen Alten in knisternden Kugeln aus Feuer.

»Das muss Hunderte Millionen Jahre her sein«, sagte ein ziemlich fassungsloser Sturm.

»Dann betrachte uns eben als das älteste Start-up überhaupt. Es war eine angenehme Zeit, weil uns die Berater damals nicht die Türen eingerannt haben, da es einfach noch gar keine Berater gab.«

»Als ich auf Zeitreise zu Sabira an Bord der R'lyeh ging, hatte ich den Eindruck, dass die silbernen Schiffe die Flotte angreifen«, erinnerte sich Sturm.

»Das war kein Angriff«, sagte Blackwood, »das war ein Willkommenssalut. Damals waren sie die Begleitschiffe der Armada. Die Unstimmigkeiten kamen erst später.«

»Unstimmigkeiten ist gut«, bemerkte Sturm mit sarkastischem Unterton. »Wenn ich mich recht erinnere, stand im Necronomicon, dass die Älteren Götter die Abscheulichkeiten und die Gräuel der Großen Alten nicht länger ertragen konnten und die Erde verwüsteten. In ihrem Zorn warfen sie die Großen Alten in die letzte Leere jenseits der Welten, wo das formlose Chaos regiert, also Azathoth. Und Cthulhu wurde gebannt und lag im todesähnlichen Schlaf in der R'lyeh, wo er den Traum des Todes träumte.«

»Den Hintergrund kennst du ja schon«, sagte Blackwood. »Es ging um die Art, wie On & Ex an die Rohstoffe kommt, wodurch sie jedes Mal unter anderem Planeten komplett verwüsten. Außerdem: Jedes Unternehmen braucht einen Gründungsmythos, und das ist eben unserer.«

»Wieso unserer?«, wollte ein verblüffter Sturm wissen.

»Du stehst hier vor dem ersten Geschäftsführer des Start-ups ›Die Älteren Götter‹ «, erklärte ein fröhlich feixender Blackwood einem Sturm, der sichtlich um seine Fassung rang.

»Dann wärest du ja schon Hunderte Millionen Jahre alt. Ich dachte, du bist der Teufel«, wollte Sturm wissen, als er wieder einigermaßen klar denken konnte.

»Man muss als Unternehmenslenker schon mit der Zeit gehen«, erwiderte Blackwood. »Wir haben schon diverse Relaunches hinter uns. Wer würde schon einer Firma seine Seele anvertrauen, die ›Die Älteren Götter‹ heißt? Damit bist du längst nicht mehr marktfähig.«

»Gab es denn damals schon Seelen?«, wollte Sturm wissen.

»Es gab schon immer Seelen«, erwiderte Blackwood.

»Auch wenn ihre Träger halb Pflanze und halb Fisch waren. Aber sie waren nicht so optimal wie später die Menschen. Diesen Seelen fehlte häufig so etwas wie die Raffinesse. Deswegen mussten wir handeln. Wir suchten den besten Seelenträger, experimentierten herum, auch mit dem Blut der Großen Alten. Das Ergebnis war der Mensch.«

»Ihr habt den Menschen erschaffen?«, fragte Sturm, der sich gerade ziemlich orientierungslos fühlte.

»Nicht allein. Es war ein Joint Venture mit dem jungen aufstrebenden Gott. Später hatten wir dann so unsere Differenzen.«

»Du meinst die Geschichten vom gefallenen Engel, von Gott hinabgestürzt in die tiefste Grube, dem Widersacher, dem Versucher, dem personifizierten Bösen – schlicht dem Teufel?«

»Ein Relaunch, bei dem unsere PR-Abteilung wirklich ganze Arbeit geleistet hat«, bemerkte Blackwood anerkennend.

»Aber der Teufel verliert in diesen Geschichten gegen Gott und in der Apokalypse auch noch das Endspiel.«

»Ja, aber was ist das für ein grandioses Endspiel? Welch eine Dramatik, was für eine Inszenierung! Wer nur dabei ist, hat schon eine Menge für sein Image getan, das könntest du als Werbekampagne gar nicht bezahlen. Außerdem, sehe ich aus wie ein Verlierer?«, fragte Blackwood und lächelte vergnügt. »Du darfst dabei nicht vergessen, dass viele Menschen den Weg zu mir gefunden haben, weil sie wussten, wie das ist, wenn man von höheren Mächten ruppig behandelt worden ist, obwohl man im Recht war.«

»Was uns wieder zu der Frage zurückbringt, wo Gott ist.«

»Viel Spaß hat ihm das hier ja schon lange nicht mehr gemacht. Die Luft war mit der Erschaffung der Welt eigentlich schon raus«, schilderte Blackwood die

Nöte Gottes. »Ich meine, was machst du für den Rest der Ewigkeit? Die Apokalypse sollte zwar der krönende Abschluss werden, aber das haben wir Ihm ja gründlich versaut. Wenn deine himmlischen Heerscharen nicht einmal mehr die Endschlacht einleiten, geschweige denn führen können, weil sie alle zu hoffnungslosen Junkies geworden sind, verliert selbst der größte Gott endgültig die Lust.«

»Und, was macht Er jetzt?«

»Gott hat sich von On & Ex für seine Schöpfung ausbezahlen lassen und sich aufs Altenteil zurückgezogen«, antwortete Blackwood. »Das Einzige, was er jetzt noch verbessern will, ist sein Golfhandicap.«

»Woher weißt du das?«

»Ganz einfach, ich habe mir in demselben Golfklub schon einen Platz reservieren lassen«, sagte Blackwood und schwang einen imaginären Golfschläger. »Glaubst du, ich will das hier ewig machen? Irgendwann muss auch einmal der Nachwuchs ran. Ich habe jedenfalls schon seit einer sehr langen Zeit einen Nachfolger für mich aufgebaut, oder, präziser ausgedrückt, eine Nachfolgerin. Du kennst sie übrigens gut.«

Für einen Augenblick herrschte Stille im Raum.

»Morgana«, platzte es aus Sturm hervor.

»Ja, Morgana. Es wird höchste Zeit, dass in der Hölle auch einmal ganz offiziell ein weibliches Wesen das Sagen hat. Schließlich gehört den Frauen, wie man so schön sagt, die Hälfte der Hölle. Denk daran, was wir allein Eva verdanken.«

»Es ist besser, in der Hölle zu herrschen als im Himmel zu dienen«, erinnerte sich Sturm an einen Satz aus John Miltons »Paradise Lost«.

»Mein Reden«, bestätigte Blackwood. »Im Moment spielt das allerdings auch keine Rolle mehr. Jetzt haben wir eine wirklich stinksaure Sabira am Hals.«

Invasion

Sturm sah Sabira auf einer Kaimauer im Hafen stehen. Sie war in Begleitung eines riesigen fledermausartigen Wesens, aus dessen Körper unablässig eine gelbliche Flüssigkeit tropfte, es war gespickt mit obszön schillernden Obsidianfedern und stand auf vier unnatürlich langen, muskulösen, chitinbehafteten Beinen, die in einem Dutzend scharfer Krallen in den unterschiedlichsten Formen und Farben endeten. Aus seinem fauligen Rücken ragten zwei ledrige Flügel, die viel zu dünn waren, um eine solche kolossale Kreatur in die Lüfte zu heben. Aus seinem widerlich verdrehten Maul, halb Schnabel halb Mund, hing eine schneeweiße Zunge, die sich deutlich von den schwarzen Reißzähnen abhob.

Sabiras anderer Begleiter war eine grotesk aufgeblähte, gallertartige Kreatur, die bei jeder ihrer wabernden Bewegungen einen Schleimfilm hinterließ. Sie war überzogen mit gelb-schwarzen Schuppen und hatte einen Menschenkopf mit feinen, flachen und verzerrten Gesichtszügen, die sehr nachdenklich wirkten.

»Wenn ich mich da mal nützlich machen dürfte«, bot Blackwood an. »Das ist Sabira mit zwei ihrer Kollegen aus dem On & Ex-Vorstand.«

»Was machen die da am Hafen?«

»Sie warten auf Cthulhu und sein verdammtes Sternengezücht.«

»Und warum ist die R'lyeh nicht explodiert?«, wollte Sturm wissen.

»Irgendjemand muss die Sprengsätze entschärft haben«, vermutete Blackwood.

In diesem Augenblick liefen Bilder über Blackwoods Schirme, die eindeutig keine Live-Aufnahmen waren. Ein dämonischer Sabotagetrupp kroch durch einen Luftschacht der R'lyeh, der in die Kommandozentrale führte. Als sie daraus hervorbrachen, landeten sie direkt im Sperrfeuer des Sternengezüchts. Keiner der Angreifer überlebte. Dann tauchte Sabira auf, die die noch rauchenden Kadaver achtlos beiseitetrat und fröhlich winkte.

Das Bild erlosch, als die stromlinienförmigen Raumschiffe im Tiefflug auftauchten und blaue Laserstrahlen auf Sabira sowie ihre Gruppe im Hafen abfeuerten, die allerdings wirkungslos am Schutzschirm der On-&-Ex-Vorstände verpufften.

Massives Laserfeuer aus der R'lyeh räumte unter den Angreifern auf. Dann landete Cthulhus Flaggschiff auf der Wasseroberfläche, steuerte Richtung Kaimauer und schob dabei die brennenden Schiffe achtlos wie kaputtes Spielzeug beiseite.

Als die R'lyeh die Mauer erreichte, öffnete sie sich und eine gigantische Rampe fuhr aus. Eine Weile geschah nichts, dann sah Sturm, wie das verfluchte Sternengezücht in schier endlosen Kolonnen an Land marschierte.

Und schließlich sah er eine gigantische Gestalt mit menschenähnlichem Körper und dem Kopf einer Krake. Statt eines Gesichts hatte das Wesen ein Gewirr von Tentakeln. Unter seinen mächtigen Schritten wankte die Rampe, als es an Land ging. Auf seinem Rücken entfalteten sich lange, schmale Flügel. Seine knorrige, grünliche Haut wirkte, als hätte er schon mehrere Stadien des Todes und der Verwesung durchlaufen.

»Ach du Scheiße«, entfuhr es Blackwood, als er sah, wie sich sein alter Feind aus dem Schiff zwängte.

Über dem Hohepriester der Großen Alten wölbte sich ein Himmel, der aussah wie dreckiges Blut, aus dem gewaltige Blitze zuckten. In seinen Augen tanzten rotschwarze Schlieren. Es sah aus, als hätte Cthulhu seinen Himmel mitgebracht. Schließlich reckte er seine Hände mit den massiven grünlichen Krallen nach oben und stieß einen Schrei aus, der zuletzt vor Hunderten Millionen von Jahren die Erde bis ins Mark erschüttert hatte und den Boden selbst spaltete. Dann ging auch er an Land und die Invasion begann.

»Was haben die jetzt vor?«, fragte Sturm.

»Ich fürchte, die sind auf dem Weg nach Hannover.«

Sturm sah, wie Cthulhus Sternengezücht durch die brennende Hansestadt wuselte und wimmelte, schließlich aus ihr hervorbrach und die A7 mit seinen Massen überflutete. Im Hintergrund ragte der Hohepriester der Großen Alten auf. Der Marsch auf dem Highway to Hell begann, der schnurgerade von Hamburg in die Hauptstadt des Teufels führte.

Der Marsch kam ins Stocken, als bei Munster Panzerdivisionen die A7 abriegelten und gleichzeitig Militärflugzeuge die Kolonne bombardierten. Das Sternengezücht wurde von Explosionen zerfetzt und von Kugeln aus schweren Maschinengewehren durchlöchert, deren Einschläge sie zu einem skurrilen Veitstanz zwangen. Und alles wurde in bester Qualität von den magischen Spiegeln fledermausartiger Dämonen auf die Schirme Blackwoods übertragen. Rot-schwarzes Blut floss über die Autobahn, bis die R'lyeh am Himmel auftauchte, der das Militär nichts entgegenzusetzen hatte.

»Warum hat das Sternengezücht eigentlich keine Schutzschirme?«, fragte Sturm.

»Zu teuer«, antwortete Blackwood.

Jäh brachen die silbernen Schiffe durch den rotschwarzen Himmel, nahmen Kurs auf die R'lyeh und verschwanden in den eisernen Kanälen des Flaggschiffs, dessen massives Abwehrfeuer die Reihen der Angreifer ausdünnte. Der Beschuss endete, als die R'lyeh von innen auseinanderbrach und ihre brennenden Trümmer auf das Sternengezücht herabregneten.

»Klasse«, jubelte Blackwood, fischte sich eine Siegeszigarre aus dem Humidor und zündete sie an.

»Was ist passiert?«, wollte Sturm wissen.

»Ein Photonentorpedo ist durch einen Lüftungsschacht eingedrungen und hat den Reaktorkern zerstört.«

»Moment mal, ist in Star Wars so nicht auch der Todesstern zerstört worden? Was soll ein Lüftungsschacht im Weltall?«

»Wegen des Todessterns musst du schon George Lucas fragen«, sagte Blackwood entschieden. »Wir haben das Ding als reine Vorsichtsmaßnahme eingebaut, falls wir mal die Seiten wechseln. Jetzt müssen wir nur noch Cthulhu und sein Sternengezücht erledigen.«

»Und wie willst du das machen?«

»Du glaubst doch wohl nicht, dass wir die ganze Bande mit großen Mühen schlummern legen und dann einfach so ihre Rückkehr abwarten? Wir haben sie natürlich innerlich vermint«, erwiderte Blackwood, drückte auf einen roten Knopf, der auf einem schwarzen Kasten saß und sagte:

»Bumm!«

Nichts passierte.

»Hast du nicht eben ›bumm‹ gesagt?«, wollte Sturm wissen.

»Habe ich«, fauchte Blackwood. »Ich sehe selbst, dass Cthulhu und sein vermaledeites Sternengezücht einfach weitermarschieren.«

»Suchst du das hier«, platzte Sabira in die gespannte Atmosphäre in Blackwoods Arbeitszimmer. Sie hatte sich einen der fledermausartigen Flugdämonen geschnappt und hielt etwas in seinen magischen Spiegel. »Ups, wenn das mal nicht der Zünder ist ... Sag ›Auf Wiedersehen‹ zu deiner Hauptstadt. Zwischen Cthulhu und Hannover steht nichts mehr, was ihn noch aufhalten könnte, selbst wenn du die komplette Hölle leerst.«

Das hätte sie besser nicht gesagt, denn die Erde riss augenblicklich mit einem gewaltigen Donner auf und Blackwood leerte tatsächlich die Hölle. Reiter mit Habichtsköpfen auf gewaltigen brennenden Krokodilen stürzten sich auf das Sternengezücht, das bei der Berührung zu schwarzer Asche zerfiel. Die Erde bebte wieder, als Cthlulhu nach einem gewaltigen Sprung zwischen Krokodilreitern und Sternengezücht landete und alles um sich herum zerstampfte. Ein Regen aus Blut und Säure ätzte tiefe Löcher in die Fahrbahn der A 7.

Flinke Katzendämonen kletterten an Cthulhu empor und wollten ihm die Augen auskratzen. Doch er vernichtete sie mit seinen tödlichen Tentakeln und seinem giftigen Atem, durch den ihre Haut schwarze Blasen warf, die mit einem schmatzenden Geräusch aufplatzten. Ein gigantischer Löwe mit sechs Beinen sowie Greifenflügeln sprang aus dem Abyssus und griff Cthulhu mit mächtigen Prankenhieben an, unter denen der Hohepriester der Großen Alten taumelte, bis er die dämonische Raubkatze mit seinen muskulösen Armen umfasste und ihr das Genick brach. Von Morgana kommandiert, brandete Dämonenwelle auf Dämonenwelle gegen den mächtigen Cthulhu und zerbrach an ihm.

Der Boden war bedeckt mit ihren grotesken Kadavern. Aber auch das Sternengezücht hatte einen hohen Blutzoll zahlen müssen. Was davon noch auf den Beinen stehen konnte, scharte sich um seinen Meister. Blackwoods

Horden konnten zwar das Sternengezücht dezimieren, aber nicht Cthulhu besiegen. Scheinbar unaufhaltsam näherten sich der Hohepriester der Großen Alten und der Rest seiner Truppen dem Stadtrand von Hannover und legten Lahe in Schutt und Asche, über Buchholz stiegen dichte Rauchsäulen auf. Altwarmbüchen hatte er schon längst dem Erdboden gleichgemacht. Dann marschierten die Außerirdischen auf der Podbielskistraße in Richtung Zentrum, während links und rechts seines Weges nur noch die Trümmer der Wohnhäuser zurückblieben. In der gut situierten List markierten brennende Gründerzeithäuser ihren Weg. Blackwood brauchte den Zünder, der in Sabiras Hände gelangt war, und zwar sehr schnell.

Flammenschwert

»Ist es das hier, was Sie vermissen?«, hörte Blackwood die Stimme eines Mannes, der plötzlich in seinem Arbeitszimmer aufgetaucht war. Er trug einen Anzug im Stil der 1920er Jahre und hatte ein längliches Gesicht mit ständig erschrocken wirkenden Augen. Blackwood kannte ihn. Es war H. P. Lovecraft, und er hatte eindeutig den Zünder in der Hand.

»Wie sind Sie hier reingekommen?«, fragte Blackwood. »Ach, ist auch egal. Geben Sie her.«

»Das würde ich lassen«, sagte Sabira, die kurz nach Lovecraft erschienen war, und schnappte sich den Zünder mit einer schnellen Bewegung aus Lovecrafts Hand. »Ist dir schon aufgefallen, dass deine Schutzschilde sehr löchrig geworden sind? Irgendwo muss die Energie ausgefallen sein. Hier kann ja jeder ein- und ausgehen.«

In der einen Hand hielt sie den Zünder, in der anderen ein beunruhigend wirkendes Flammenschwert. Als Morgana mit einem Flimmern in Blackwoods Arbeitszimmer erschien, lächelte Sabira böse.

Blackwood musterte das Schwert und erstmals sah Sturm so etwas wie Furcht in den Augen seines ansonsten so gelassenen Freundes.

»Erkennt ihr es wieder? Ihr wisst, dass ich euch mit Gabriels Flammenschwert töten kann. Als ich den Erzengel vor Blackwoods Haus traf, war er schon ziemlich weit runter, auch weil er Gott nicht mehr finden konnte. Wenn der wüsste ... Er hat mir dann das Schwert, seinen letzten wertvollen Besitz, den er unter seinem Trench versteckt hatte, für ein paar Seelen verhökert.«

Morgana sprang mit erhobenem Dolch vor und Sabira schlug ihr eine flammende Wunde. Als Morgana stürzte, fegte Sabira Blackwood mit einem Zauber von den Beinen.

Triumphierend trat sie auf ihre Feinde zu, hob das Schwert und wollte ihnen den Rest geben. Sturm beachtete sie nicht, weil sie dem Menschen keinerlei Bedeutung in dieser Auseinandersetzung beimaß. Sabira wollte Sturms Göttin und seinen besten Freund töten.

Zugegeben, mit der Göttin war vielleicht nicht alles so, wie es sein sollte und sein bester Freund hatte sich als der Teufel entpuppt. Aber Sturm hatte nun einmal nur diese Göttin und nur diesen besten Freund, konnte da nicht wählerisch sein und musste etwas tun.

Er griff sich den silbernen Dolch mit der gezackten Klinge von Blackwoods Schreibtisch, rammte ihn der überraschten Sabira von hinten seitlich in den Hals, trennte ihr den Kopf ab und warf ihn in den Müllzerkleinerer, den Blackwood in den USA mit den Worten »Man muss doch immer mal wieder organische Abfälle zerkleinern« geordert hatte. Währenddessen durchbohrte Morgana Sabiras Herz mit dem Flammenschwert.

»Ich kann mir kaum vorstellen, dass sie sich davon wieder erholt«, sagte ein etwas außer Atem geratener Sturm.

Dann schnappte er sich den Zünder und drückte auf den Knopf. Am Lister Platz zerplatzte das Sternengezücht, und wo eben noch der mächtige Cthulhu gestanden hatte, ging ein Regen aus rot-schwarzem Blut und Säure nieder, der tiefe Löcher in die Straße und die noch stehenden Häusermauern ätzte.

»Warum haben Sie uns den Zünder gebracht?«, fragte Blackwood Lovecraft.

»Weil Cthulhu zuließ, dass ich verarmt unter ständigen Schmerzen und Unterernährung am Darmkrebs verreckte. Er hat mich von innen aufgefressen und ist nach meinem Tod groß rausgekommen. Ich hatte wirklich keinen Grund, ihm gegenüber loyal zu sein.«

Dann hörte Sturm ein feines Klatschen, kein Zweifel, Blackwood applaudierte ihm. Und Morgana umarmte und küsste ihn.

»Du hast dich wirklich gemacht«, teilte Morgana Sturm mit. Ihre Wunde hatte sich inzwischen wieder geschlossen. »Ich bin stolz auf dich. Du hast mir mal gesagt, dass du generell nicht gern die Verantwortung für irgendetwas übernimmst. Das hat sich ja nun offensichtlich geändert, und wir reden hier von Verantwortung im großen Stil und großen Zusammenhängen, wie sich leicht an deinen blutigen Händen und deinem blutdurchtränkten schwarzen T-Shirt erkennen lässt. Man kann so gerade noch den Schriftzug

›Weltpokalsiegerbesieger‹ erahnen. Ich habe noch viel vor, auch mit dir.«

»Nur mal aus Neugier. Was macht eigentlich Georg?«, wollte Sturm wissen.

»Nach seinem gewaltsamen Tod landete er in der Registratur, wo sich alle treffen, die so extrem langweilig und bedeutungslos sind, dass sich weder Himmel noch Hölle für sie interessieren«, erklärte Morgana. »Das Manuskript haben Sabira und ich dir aus einem bestimmten Grund zugespielt. Es war so etwas wie ein Reiseführer von uns für dich in den uralten Krieg und hatte endgültig seinen Zweck erfüllt, als du geschworen hast, niemals so zu enden wie Georg, und in den Kampf eingetreten bist. Jetzt sieht es für dich deutlich besser aus als für ihn.«

»War das nicht riskant?«, fragte Sturm interessiert. »Ich hätte mich doch auch für Sabiras Seite entscheiden können.«

»No risk no fun. Du weißt doch, dass wir Unsterblichen riskante Spiele sehr lieben. Sabira und ich haben natürlich auch darum gewettet, für welche Seite du dich entscheidest.«

»Da hatte sie wohl ihre Verführungskünste überschätzt«, sagte Sturm.

»Es ist eben riskant gegen eine kommandierende Generalin der Hölle anzutreten«, bemerkte Morgana fröhlich.

»Wie bist du das eigentlich geworden?«

Morgana legte den Finger auf die Lippen und lächelte geheimnisvoll.

»Morgana übernimmt den Relaunch der Hölle. Wir expandieren in den gesamten Kosmos«, merkte Blackwood an.

»Und dafür«, sagte Morgana, »muss ich auch unsere Öffentlichkeitsarbeit komplett neu organisieren. Sag mal, Sturm, hast du nicht zufällig Lust, in die PR-Branche zu wechseln?«

»Aber klar«, sagte Sturm, dem es in seiner bisherigen Berufswelt als Journalist nach diesen Erlebnissen sowieso zu eng wurde. »Gelogen wird schließlich überall. Aber wer kann schon von sich behaupten, dass er direkt für den Vater der Lüge arbeitet?«

»Und das auch noch unter dem falschen Namen Alexander Sturm«, bemerkte ein sehr gut gelaunter Blackwood. »Wir passen doch wirklich ganz gut zusammen.«

»Du kennst doch ganz bestimmt meinen wahren Namen«, vermutete Sturm.

»Lass es bei Alexander Sturm«, entgegnete Blackwood. »Ich kann mit Fälschungen einfach mehr anfangen.«

Und dann hörten sie die Musik der Stones aus der Etage unter Blackwoods Penthouse, die immer lauter wurde. »Pleased to meet you. Hope you guess my name.« – Es war »Sympathy for the devil«.

Und Sturm lächelte.

Der Autor

Axel Schnell ist promovierter Literaturwissenschaftler (über Brechts »Baal«), arbeitete zehn Jahre als Tageszeitungsredakteur, war Leiter des Volkswagenpressebüros Hannover, schreibt jetzt als freier Autor und Ghostwriter unter anderem Reden und Namensartikel für Vorstände von DAX-Unternehmen sowie führende Politiker und ist Verfasser von Firmen-Büchern. Über seine Doktorarbeit urteilte in einer durchweg positiven Besprechung das Brecht-Jahrbuch: »Dieses kleine Buch liest sich wie eine große Archäologie des Bösen.« 2004 veröffentlichte er seinen ersten Roman »Der Kampf um Atlantis, Thule und Avalon jenseits der Zeiten«, der von der Kritik hoch gelobt wurde.